AF140420

Die Gerechten

Melina B. Hilger

„Die Gerechten"

Gesellschaftskritik in Geschichtenform

Impressum
Bibliografische Informationen der Deutschen Nationalbibliothek:
Die Deutsche Nationalbibliothek verzeichnet diese Publikation in der deutschen Nationalbiografie; detaillierte bibliografische Daten sind im Internet über: http://dnb.dnb.de abrufbar.

© 2015 **Melina B.Hilger**
www.hilger-geschichten.jimdo.com
Foto auf der Umschlagseite:
Titelbild: Hl.Christopherus mit Müll in der Weltkugel fotografiert im Märchenpark Heidelberg-Königsstuhl

Herstellung und Verlag: BoD – Books on Demand, Norderstedt
ISBN: 978-3-7392-13354

Inhalt

Vorwort

Diese Kurzgeschichten beschäftigen sich mit den Missständen in unserer Gesellschaft. Der Blick richtet sich darin auf Unzulänglichkeiten einzelner Menschen, wie auch sehr aktuelle, politische Realitäten und menschliche Verhaltensweisen, die Schmerz, Elend und Ungerechtigkeiten verursachen.

Keine fröhliche Unterhaltung – aber wichtig, um uns daran zu erinnern, dass wir – jeder Einzelne von uns - etwas beitragen kann für eine bessere, eine friedvollere Welt. Dazu sollten wir die Wahrnehmungen zulassen, die verhindern, dass Gerechtigkeit und Lösungen entstehen können.

Gleich die Eingangsgeschichte zeigt sehr eindringlich, dass Vorurteile und Unwissenheit viel Leid erzeugen können. Meine Geschichten greifen dieses Thema auf, damit wir besser erkennen können, wo wir an unserem Bewusstsein arbeiten können, um unseren Beitrag zu leisten.

Folgende Zitate bekannter Menschen aus früherer Zeit haben dies bereits vor Jahrzehnten, sogar vor Jahrhunderten erkannt und bereits ausgesprochen oder geschrieben:

„Die heutige Welt wird zusehends materialistischer. Die Menschheit nähert sich, getrieben von dem unersättlichen Verlangen nach Macht und ausgedehntem Besitz, dem Zenith äußerer Entwicklungsmöglichkeiten. In diesem vergeblichen Streben nach äußerer Vervollkommnung der Welt mit ihren relativen Werten entfernt man sich jedoch immer weiter von innerem Frieden und geistigem Glück."
Dalai Lama (1935-), tibetanischer buddhistischer Mönch

„Heutzutage hat die Gier nach Besitz einen solchen Grad erreicht, dass es nichts im Reich der Natur gibt, weder heilig noch profan, aus dem nicht Profit herausgepresst werden kann."
Erasmus von Rotterdam (Gerhard Gerhards) (1469-1536), holländischer Theologe, Philologe und Humanist

„Die Habgier kennt keinen Ort und Grenze für ihre Weite. Ihr einziges Ziel ist zu produzieren und zu konsumieren. Sie hat weder Mitleid für wunderschöne Natur noch für lebende Wesen. Ohne einen Moment zu zögern ist sie

8

rücksichtslos bereit, die Schönheit und das Leben aus ihnen zu drücken und sie zu Geld zu formen."

Rabindranath Tagore (1861-1941), indischer Dichter, Literaturnobelpreisträger

„Der Materialismus ist nie etwas anderes als die Nebenerscheinung einer Lebensanschauung, die ihrem Wesen nach Menschenkultus ist."

Sigrid Undstet (1882-1949), dänische Schriftstellerin, Literaturnobelpreisträgerin

„Der Sieg der Materie über die Menschlichkeit ist das Grundübel unserer Kultur."

Sarvepalli Radhakrishnan (1888-1975), indischer hinduistischer Religionsphilosoph, Präsident Indiens

„Die moderne Zivilisation hat versagt. Sie ist säkular, materialistisch. Sie hat die letzten Fragen vermieden. Das Leben war weitaus interessanter, als man noch an etwas glaubte."

Saul Bellow (1915-2005), US-amerikanischer Schriftsteller, Literaturnobelpreisträger, Soziologe

„Es gab einmal ein Zeitalter - es war das

9

griechische - da war der Mensch das Maß aller Dinge. Heute sind die Dinge das Maß aller Menschen."

Werner Finck (1902-1978), deutscher Kabarettist, Schauspieler und Schriftsteller

Die Gerechten

Es war am Tag der Vernichtung der Ernten des ganzen Sommers. Die Heuschrecken waren am frühen Morgen über die Felder hergefallen und zwei Stunden später fand sich kein Hälmchen mehr auf den Äckern und kein Gras mehr auf den Futterwiesen. Ein großes Wehklagen ertönte durch das ehemals fruchtbare Tal.

Rufina, die Alte, welcher der Ruf einer Kräuterhexe vorauseilte, schritt die nackte Erde entlang und murmelte unverständliche Worte vor sich hin. Sie ließen sie gewähren; was konnte sie jetzt noch für einen Schaden anrichten. Die Bauern im Dorf waren wütend, ihre Frauen verzweifelt und weinten und die Kinder wagten nicht zu spielen. Wie sollten sie nun ihre Kinder durch den strengen Winter bringen. Die Bauern fluchten, ihre Frauen weinten, und die Kinder wagten nicht zu spielen. Das kleine Dorf war in eine dunkle Wolke eingehüllt.

Der Priester läutete das kleine Glöckchen und rief die Dorfbewohner zum Gebet in die Kirche. Dort klagten sie gemeinsam Gott an. Waren sie nicht immer gottesfürchtig gewesen? Hatten sie nicht immer am Sonntag für die Gaben gedankt

11

und die christlichen Regeln eingehalten? Wieso strafte sie Gott so sehr? Sie waren sich keiner Schuld bewusst, und in den Köpfen der Bewohner reifte allmählich der Gedanke, dass einer von ihnen dieses Unglück herauf beschworen hatte. Aber wer war dieser Verräter?

Von diesem Tag an umlauerten sie sich gegenseitig.

Der Pfarrer spürte diese Stimmung sehr deutlich und predigte immer wieder Gottvertrauen, jedoch nahm er auch wahr, dass keiner seine Worte wirklich ernst nahm. Alle suchten sie nach dem, der dieses Unglück zu verantworten hatte.

Am gleichen Tag des Heuschreckenüberfalls war ein Kind geboren worden. Es sollte am nächsten Sonntag getauft werden. Niemand wusste, wer der Vater war, und die Mutter schwieg beharrlich. Am Tag der Taufe hielt die Mutter das kleine Wesen über das Taufbecken; es war in weißes Tuch gewickelt, nur das Blondschöpfchen und die nackten Füßchen schauten heraus. Der Pfarrer segnete das Kind und sprach während des Besprengens mit geweihtem Wasser die heiligen Worte der Unschuld.

Alle in der Nähe sahen die nackten Füßchen des Kindes, die fröhlich vor sich hin strampelten.

Und sie sahen auch, dass das rechte Füßchen sechs Zehen hatte.

Still gingen die Kirchenbesucher nach Hause, aber hinter den verbergenden Wänden wurde getuschelt über diese unwürdige Mutter mit dem teuflischen Säugling, das dieses eindeutige Merkmal für das Böse trug.

Drei Tage später wurde dieses Kind vom Pfarrer beerdigt. Es war blau, als man es fand, und man bat ihn, es außerhalb der Friedhofsmauern zu beerdigen. Er tat es mit schwerem Herzen.

Nach der Beerdigung ging er in den Pfarrkeller und schlug sich wieder und wieder mit der Peitsche. Dann nahm er ein Messer und schnitt sich den sechsten Zeh von seinem Fuß.

Morgenstund' hat Gold im Mund?

Theo streckte sich ausgiebig. Die verdammten Rabenkrähen hatten ihn mal wieder nicht länger schlafen lassen. Fünf Stunden waren einfach zu wenig. Nach einer ausgiebigen Gähnrunde beugte er sich aus dem Fenster im 5. Stock, um nach den lästigen Viechern Ausschau zu halten. Er traute seinen Augen nicht, denn was sich ihm da für ein Schauspiel bot, war mit grauenhaft gar nicht mehr zu betiteln.

Dort unten sah er eine Gestalt liegen. Sie hatte die Arme ausgebreitet, als wäre sie ein Vogel. Ihr Gesicht war himmelwärts gerichtet, die grauen Haare lagen wie ein heller Strahlenkranz um sie herum. Auf ihrer Brust saßen drei Rabenkrähen und pickten an dem leblosen Körper herum. Zum Glück war die Entfernung zu groß, um nähere Details erkennen zu können; ihm reichte auch schon dieser Anblick am frühen Morgen.

Theo schauderte, und er spürte, wie es ihm kalt den Rücken hinunter lief. Wohnte die Frau etwa hier im Hause? Er hatte sie noch nie gesehen, und dabei lebte er jetzt schon zwölf Jahre in diesem Hochhaus. Er ging zum Telefon und wählte die Notrufnummer. „Hier liegt eine Frau im Hof. Offensichtlich ist sie aus dem Fenster gefal-

15

len oder gesprungen. Nein, sie ist mit Sicherheit tot. Grenzweg 12, hinten im Hof." Theo lauschte in den Hörer und beantwortete ein paar Fragen: „Ja, ich wohne hier..., nein, ich weiß nicht wie die Frau heißt..., Theo Wiegant...., ich wohne im 5. Stock...., die Raben picken auf der Frau rum..., ja, natürlich, ich bleibe. Läuten Sie bei T. Wiegant, ich habe heute frei."

Irgendwie erleichtert legte er auf und sein Magen entspannte sich mit einem Knurren. An ein Frühstück mochte er jetzt trotzdem gar nicht denken. Er schloss das Fenster ohne noch einmal hinunter zu schauen. Einmal am frühen Morgen so ein Szenario, das reichte ihm.

Am nächsten Morgen wachte er spät auf, denn am Vorabend war er lange nicht eingeschlafen. Nach dem Zähneputzen setzte er sich an den Frühstückstisch. Er hatte heute kein Bedürfnis, einen Blick aus dem Fenster zu werfen. Ihm reichte die Erinnerung an diesen Morgenschock vom Vortag. Die neugierigen Gaffer vom Hause hatten sich nachdem die Polizei eingetroffen war, in Scharen im Hofe versammelt, um aus der Nähe einen Blick auf die alte Frau zu werfen. Er schüttelte all das ab und biss in sein frisches Brötchen mit Marmelade.

Er schlug die Zeitung auf, und auf der dritten

Seite sprang ihm das Bild dieser Frau in Groß-
aufnahme ins Gesicht. Weitaus näher als er es
von seinem Fenster aus gesehen hatte, blickte er
nun auf das Gesicht der vielleicht 70jährigen
Frau. Die Augen bestanden nur noch aus blutigen Höhlen. Darunter las er den Artikel:

„72 jährige sprang aus Verzweiflung aus dem
8. Stock ihrer Wohnung. Sie wohnte seit über 40
Jahren in dem Haus, aber keiner kannte sie. Niemand wusste, dass sie mit ihrer kleinen Rente
schon lange nicht mehr zurecht kam. Ihre Wohnung hinterließ sie blitzblank, Kühlschrank und
Lebensmittelschränke waren total leer. Sie musste wohl schon länger nichts mehr gegessen haben.“

Betroffen legte er sein dick mit Butter und Marmelade beschmiertes Vollkornbrötchen neben
seinen Kaffeebecher und schaute auf den reich-
haltig gedeckten Tisch mit Käse, Wurst, Brotauf-
strichen und Sahne. An diesem Tag brachte Theo
keinen Bissen mehr hinunter.

Mariana und Parsival

Sie fuhr mit ihrem Einkaufsroller durch die Gegend. Was blieb ihr anderes übrig; mit dem kaputten Rücken konnte sie fast nichts an Gewicht tragen und musste doch ihre Habseligkeiten mit sich führen. Ohne Unterkunft war sie dazu gezwungen. Noch war Sommer und sie musste mühevoll fast jeden Tag einen neuen Schlafplatz suchen, denn das Obdachlosenasyl war für sie ein unsicherer Ort. Nicht nur, dass sie ständig um ihre wenigen Habseligkeiten fürchten musste, da die Armen dort stahlen wie die Elstern, - nein sie musste auch ständig befürchten, von einem der alkoholisierten Obdachlosen sexuell bedrängt zu werden. Das war ihr unbegreiflich, denn nun war sie bereits 72 geworden und wahrlich in ihrer heruntergekommenen Verfassung keine Attraktion mehr. Anscheinend war sie für manche ungewaschenen Kumpanen eine Art Freiwild.

Heute war ein guter Tag; sie hatte einen kleinen Verschlag gefunden, in dem sie sich ein wenig häuslich eingerichtet hatte. Es war eine Art Schuppen auf einem verlassenen Grundstück auf dem auch eine baufällige Ruine stand, in der niemand mehr wohnte. Es war ein Wunder, dass dieses Versteck noch von niemandem entdeckt worden war. Diesen Fund verdankte sie einem streunenden Köter, der herrenlos in einer Lücke der Ginsterhecke verschwunden war und um den sie sich Sorgen gemacht hatte, weil er so abgemagert war. Sie war ihm hinterher gekrochen und fand so das verlassene Haus und diesen Verschlag. Zwar lag das Grundstück ein wenig weit weg vom Viertel, in dem sie sich sonst aufhielt, aber das nahm sie gerne in Kauf.

Parsival, so nannte sie den Hund, war äußerst dankbar für die Brotreste und die Milch, die sie noch übrig hatte und sie nahm sich vor, ihn unter ihre Fittiche zu nehmen. Er hatte so erbarmungswürdig hastig die Brocken hinunter geschlungen, dass sie dachte, er habe wohl schon länger nichts mehr gefressen.

Eigentlich war Mariana privilegiert, wenn sie sich mit den anderen Obdachlosen verglich. Sie hatte immerhin 420 Euro Rente; das war zwar zu wenig für eine Wohnung, aber da sie weder Strom, noch Miete, Heizung oder sonstige Wohnkosten hatte, war sie gemessen an den anderen Obdachlosen wirklich eine Reiche. Sie hätte durchaus Sozialhilfe beantragen können, aber sie war stolz und wollte nach den vielen schlechten Erfahrungen mit Ämtern nichts mehr damit zu tun haben. So hatte sie immer genug zu Essen und konnte sich auch warme Schuhe und

Kleidung kaufen. Ein wärmendes Fell in eine alte Decke gebunden, damit es keiner sah, hatte sie für die kalten Nächte. Trotzdem war es sehr beschwerlich für sie auf dem Boden zu liegen; manchmal brauchte sie eine Stunde um ihre klammen, kalten, schmerzenden Glieder so weit zu haben, dass sie sich auf die Knie und dann wieder in die Senkrechte aufrichten konnte.

Der Hund schlief nachts bei ihr an der Seite und wärmte sie noch zusätzlich. Noch war es Herbst und nur mäßig kalt, aber ihr graute vor dem Winter. Andererseits war sie auch niemandem verpflichtet, völlig frei und musste sich nur noch um sich und jetzt um Parsival kümmern.

Vor drei Jahren war sie aus ihrer Wohnung geflogen, weil sie ihre Miete nicht mehr bezahlen konnte. Ihr Antrag auf Sozialhilfe wurde abgelehnt, da sie kein Konto nachweisen konnte. Sie hatte die Rente auf das Konto einer langjährigen Freundin schicken lassen, und von ihr holte sie immer Geld ab, wenn sie es brauchte. Sie hatte das getan, weil sie die Kontogebühren einsparen wollte. Der zermürbende Kampf mit den Ämtern, die ihre Erklärungen eindeutig nicht verstehen wollten, hatte sie richtig krank gemacht. So kam es, dass sie die Wohnung verlor. Damit hatte sie sich abgefunden – nur die Winter waren wirklich hart. Aber sie wollte nicht jammern, rollte Fell und Decke zusammen, packte beides auf ihr Wägelchen und rollte in Richtung Innenstadt. Den grauen Mischlingshund an eine Schnur und diese an den Wagen gebunden, ging sie schnurstracks zu einem Fleischerladen und ließ sich Hundefutter geben. Ein Bäckerladen war gleich daneben und sie kaufte dort ein süßes Teilchen und ein altes Brötchen. Eine halbe Stunde später saß sie auf einer Parkbank und Parsival und sie aßen vergnüglich ihr Frühstück in der noch wärmenden Sonne. Dann teilte sie noch die Hälfte ihres Brötchens mit den Enten des Parkteiches. So waren alle zufrieden und Mariana nickte auf ihrer Parkbank ein.

Sie wachte auf, weil Parsival ihre Hand leckte. „Ja du Guter, ich weiß, du willst laufen nicht wahr?

Sie erhob sich ein wenig ächzend und marschierte mit Hund und Wägele zur Herz-Jesu-Kirche. Mariana wollte auf den Friedhof; dort lag das Grab ihres Mannes. Sie hielt sich gerne dort auf, schließlich würde sie dort auch bald ihre letzte Ruhe finden und sie fand diesen Friedhof sehr schön und friedlich.

Erwartungslos -
Oder wie das Leben so spielt

Niemals – auf keinen Fall - würde sie diesen Schritt machen. Egal was die Menschen um sie herum sagen würden, was sie glauben mochten. Nein, sie würde die Erwartungen der Welt nicht erfüllen, komme was wolle.

Eliane lag halb wach im Bett, streckte sich und... ja sie war glücklich. Endlich lebte sie das Leben so wie sie es sich immer erträumt hatte. Sie musste auf niemanden mehr Rücksicht nehmen, konnte sich ihre Tage so einteilen, wie sie wollte, oder schlenderte einfach so durch die Woche, nur der Augenblick entschied, worauf sie gerade Lust hatte.

Sie verspürte Hunger. Ja, sie würde gleich aufstehen und sich ein gemütliches Frühstück machen. Sie spürte nach, worauf es sie heute gelüstete und entschied sich für etwas Leichtes. Sie räkelte sich noch einige Male und stieg schließlich aus dem Bett. Zu ihren Füßen lag das Buch mit dem Titel „Der Monsum". In ihm hatte sie noch vor ein paar Stunden gelesen, ehe ihr die Augen zufielen. Sie erinnerte sich dunkel an den Inhalt. Es ging irgendwie um den Weltuntergang, um eine kleine Arche, mit der ein junger Protagonist, wie hieß er doch gleich, gerade noch dem drohenden Untergang entfliehen konnte. So ähnlich war es doch, um was es da in dieser Lektüre ging. So spannend konnte es ja nicht gewesen sein, denn sie war darüber eingeschlafen, ohne es zu merken. Das kleine Nachtlicht brannte noch immer. Eliane schlüpfte in ihre Pantoffel und schlappte zur Dusche. Nein, sie wollte noch nicht duschen, nur Zähne putzen, um das schale Gefühl aus ihrem Mund zu bekommen. Nach dieser kleinen Aktion ging sie im Schlafanzug in die Küche, setzte Kaffeewasser auf und begann sich das Obst für ihr Müsli zu schnippeln. Hingebungsvoll dekorierte sie anschließend den Tisch für das gemütliche Frühstück; sie blickte auf die Uhr – schon gleich 14.00 Uhr. Als Eliane schließlich saß, auf den liebevoll gedeckten Tisch mit der Orchidee in der Mitte sah und den ersten Müsilöffel in den Mund führte, schaute sie beiläufig durch das Fenster.

Mund und Augen aufgerissen saß sie da und beobachtete wie in Zeitlupe sich eine Monsterwelle auf sie zu bewegte. Groß, schäumend, grau und unglaublich faszinierend kam sie über die Hügelkette auf sie zu. Worte wie Monsum, Flutwelle, Tsunami, Polsprung sprangen durch ihren Kopf. Wie gelähmt versuchte sie zwar aufzustehen, blieb aber wie festgenagelt sitzen, um mit Entsetzen festzustellen, dass sie nicht entkommen konnte.

Dann schreckte sie hoch. Mit schweißiger Stirn – allmählich zu sich kommend, begriff sie, dass sie am Leben war, dass sie nur geträumt hatte. Doch als sie dann wirklich am Frühstückstisch saß und auf die Aussicht mit dem Fluss unter ihr sah, fühlte sie tiefe Dankbarkeit in ihrem Herzen aufflammen. Eliane beschloss noch am Tisch, dass sie ihr weiteres Leben nicht einfach so verplempern, sondern die Zeit genießen und dennoch für Sinnvolles nutzen wollte. So begann sie das neue Jahr gespickt mit guten Vorsätzen, als es an ihrer Türe läutete. Sie wischte sich den Mund mit der Serviette ab, öffnete einer Nachbarin die Wohnungstüre und hörte deren Schilderung zu. Seit Tagen war die alte Frau vom 6. Stock schon nicht mehr gesehen worden und die Nachbarin machte sich Sorgen......

Frische Trauben

"Frische Trauben, frische Melonen, frische To-
maten" rief das kleine Mädchen Ilanta mit dem
zerrupften Strohhut am Straßenrand. Die Autos
donnerten vorbei und hüllten es in eine Staubwolke. Ihre Stimme war kaum zu hören in diesem
Verkehrslärm. Tapfer stand sie da und bot mit
dem zarten Stimmchen ihre Früchte an, - so wie
es ihr befohlen war. Sie sah der langen Schlange
Touristen-Autos hinterher und klopfte sich den
Staub aus dem armseligen, geflickten Kleidchen.

Als gerade wieder eine kleine Lücke in der
Blechlawine entstand, hörte sie in der plötzlichen
Stille ihren Bruder weinen. Sie lief zu ihm. Da lag
dieses kleine Wesen und strahlte sie an. Rund
und pausbäckig reckte er ihr die Ärmchen entgegen. Sie holte ihn mühsam aus dem Korb; fast
war er zu schwer für ihre zarte Gestalt. Aber es
half nichts, wenn sie ihn nicht hochnahm, würde
er sie mit seinem unerträglichen Geschrei mürbe
machen. Er hatte nämlich ein kräftiges Stimmchen. Sie setzte sich mit dem Kleinen auf eine
der Obstkisten, biss eine Traube auf und hielt sie
an sein Mündchen. Er nuckelte daran und lachte.

Da kam sie wieder, die nächste Welle der blechernen Ungetüme. Sie stand auf, mit dem Brüderchen auf dem einen Arm, mit der anderen Hand eine Traube hochhaltend und rief wieder im Singsang die eintrainierten Worte.

Ein großer, schöner Wagen hielt mit kreischenden Bremsen und fuhr ein wenig rückwärts in die Ausbuchtung der Straße. Eine Hand winkte, und Ilanta lief so schnell sie konnte, mit dem schweren Kind und den Trauben zu dem Wagen.
„Was für ein süßes Kind!" Eine Frau öffnete die Autotür. „Was hast du zu bieten, mein liebes Kind? Gib mir ein paar von den Trauben!". Ilanta lief so schnell sie konnte mit ihrer doppelten Last zum Gemüsewagen. Sie war glücklich; heute Abend würde sie etwas verkauft haben und nicht geschlagen werden.

Sie kam zurück mit der Waagschale voll mit Trauben, immer noch den Bruder auf dem Arm. Die Frau meinte: „Bring mir noch eine Melone, Kind". Als Ilanta wieder losstürmen wollte, hielt die Frau sie am Arm fest und meinte: „Ich halte so lange deinen Bruder". Ilanta zögerte kurz, sah der Frau unsicher in die Augen und sah ihr Lächeln. Sie reichte ihr das Kind und stürmte wieder zurück. Sie nahm die größte und schönste Melone vom Wagen, drehte sich um und sah gerade noch, wie sich die Autotür schloss und der Wagen anfuhr. Sie ließ die Melone fallen, diese platzte und zerfiel in fünf Teile. Erschrocken starrte sie eine Weile auf das rote Fleisch der Frucht. Als sie sich von dem Anblick löste, war das Auto schon in der Schlange verschwunden. Sie lief zu der Stelle, wo das Auto gestanden hatte und sah die Trauben im Staub liegen.

Kleiner

In der Stadt namens Torona wurde ein kleiner Junge am Nikolaustag geboren.

Sein „Wissen" war zu diesem Zeitpunkt bereits gelöscht. Er kam als Sohn einer Hure zur Welt und war keinesfalls erwünscht. Schon in der Schwangerschaft versuchte seine Mutter ihn loszuwerden, indem sie sich eine Treppe herunterfallen ließ. Aber dieser Versuch bewirkte nichts, außer ein paar Prellungen und blauen Flecken.

Als er dann da war, überlegte diese Prostituierten-Mutter, wie es wohl weiter gehen sollte, sie musste schließlich Geld verdienen. Deshalb flößte sie ihm mit der Milch immer, bevor ein Freier kam, - ein Schlafmittel ein und legte ihn in einen Karton in den Flurschrank.

Sie nannte ihren Sohn „Kleiner", sie wusste nicht, wer sein Vater war.

Als der Junge etwas größer war und schon krabbeln konnte, bekam er immer noch zu den Freierszeiten sein Schlafmittel und verbrachte seine Tage auf einem Lumpenhaufen in jenem Flurschrank. Er schlief also die meiste Zeit seines Lebens und war ziemlich leicht zu händeln.

Trotzdem fühlte sich seine Mutter durch ihn belastet, denn wenn sie keine Freier hatte, schrie er oft vor Hunger. Kleiner lernte die Hand seiner Mutter kennen, als eine, die ihm manchmal zu essen gab, ihn ab und zu hoch nahm, aber auch schlug. Für ihn war das ganz normal. Und so sehr er sich auch nach ihrer Hand sehnte, die ihn ab und zu berührte und ihm Nahrung gab, so sehr fürchtete er sich zugleich auch vor der schmerzbringenden Hand.

Worte hörte er nur, wenn die Mutter ihn in den Schrank schickte oder anschrie: „Du Hurensohn eines Esels, nichts wie Elend bringst du über mich, — wenn du nur nie geboren worden wärest!"

Je größer er wurde, desto aufmerksamer beobachtete er den Lauf der Dinge, und allmählich begriff er, dass er nur dann überleben konnte, wenn er sich den „Gezeiten" anpasste. So kam es, dass er, sobald ein Freier kam, von selbst in den Schrank kroch und gar kein Schlafmittel mehr nötig war. Aus dem Möbelstück, das ja im Flur stand, konnte er durch einen Spalt so allerlei sehen, denn es gingen viele „Kunden" aus und ein, - es war ein Hurenhaus.

Allmählich bekam er heraus, dass die Besucher seiner Mutter bereits im Vorraum zu ihrem roterleuchteten Raum ihre Jacken und Mäntel auszogen und manchmal fielen sie auch zu Boden. Er schlich dann vorsichtig in den Vorraum, wühlte in den Taschen der achtlos liegen gelassenen Mäntel und Jacken und fand dort so schöne, runde, glänzende Scheiben, die wunderbar rollten und klimperten. Die sammelte er in einer Ecke des Schrankes und spielte mit ihnen, wenn seine Mutter gerade beschäftigt war, und das war die meiste Zeit des Tages.

Manchmal geschah es auch, dass eine der anderen Frauen, die in dem Haus dort arbeiteten, Mitleid mit ihm hatten und ihm etwas zu Essen gaben. So verbrachte er die Tage mit Münzen rollen auf dem Flur und mit klimpern im Schrank und verhielt sich so unauffällig wie möglich.

Seine körperliche und geistige Entwicklung schritt in diesem Umfeld natürlich sehr langsam voran. Als er etwa fünf Jahre alt war, lief er allmählich schon recht gut und wurde mutiger. Er erkundete das Haus und fand eines Tages eine Tür, die ins Freie führte. Dort sah er zum ersten Mal ein Auto, — nein viele Autos -, und das faszinierte ihn sehr. Obwohl sie aussahen wie Ungetüme und auch so laut waren, konnte er seine Neugier kaum zügeln.

Die meiste Zeit quetschte er sich in die Nische

zwischen Haustüre und Mauersims, von wo aus er einen guten Blick auf die Straße hatte. Er wurde immer unternehmungslustiger, und eines Tages ging er zu einem wunderschönen, roten Auto, um es zu berühren. Es fühlte sich ganz kalt und wunderbar glatt an: „Na, Kleiner, will'ste mal 'ne Runde mitfahren?" sprach ihn jemand an.

Der Junge starrte den großen Mann an. Der hielt ihm die Türe auf und als Kleiner keinen Pieps von sich gab, hob ihn der Mann einfach auf den Beifahrersitz: „Tolles Auto nicht?" Kleiner fühlte sich unsicher, aber als der Mann auf der anderen Seite des Wagens einstieg und sich neben ihn setzte, den Wagen startete und sie tatsächlich losfuhren, war er begeistert. Es war ein wunderbares Gefühl, so schnell dahin zu jagen.

„Guck!" sagte der Mann, „wir fahren 220 – toll nicht?"

Zwei Sekunden später krachte es laut, und Kleiner flog im hohen Bogen durch die Windschutzscheibe. Er dachte noch: „Jetzt wird sie sich nicht mehr um mich kümmern müssen", als ein stechender Schmerz sein Gehirn zerstörte.

Das Land der Hoffnung

Wie schön wäre es doch zu Hause, dachte Sarid. Warum hatte er seine Heimat bloß verlassen. Er wollte für sich und seine Familie sorgen und nahm die Strapazen und Gefahren auf sich. Nun lag er hier im Krankenhaus in Spanien und hatte auch noch ein Bein verloren. Jetzt als Krüppel würde er nie und nimmer einen Job bekommen und außerdem würden sie ihn sowieso abschieben. Alles war umsonst.

Warum war er nur so dumm gewesen und hatte sich von Karim und Lamine zu dieser Reise überreden lassen. Sie hatten ihm von ihrem Freund Mamadou vorgeschwärmt, der in die Ferne über das Meer gereist und nun reich war. Lamine war jetzt tot und Karim lag im Bett nebenan und stierte nur noch an die Decke. Er hatte noch kein Wort mit ihm geredet, seit sie hier im Krankenhaus waren.

Schon in dem kleinen, völlig überfülltem Boot hatte er nach drei Nächten nicht mehr mit den anderen geredet. Aber das fiel nicht weiter auf, da inzwischen die meisten verstummt waren. Das Trinkwasser, das sie dabei hatten, würde höchsten fünf Tage reichen und sie wussten, wenn sie es bis dahin nicht geschafft hatten, würden sie alle verdursten und jämmerlich zu Grunde gehen. Schon am siebten Tag waren zwei von den 16 Überlebenden tot. Einer war über Bord gesprungen, und Jussov war einfach mit offenen Augen dagelegen. Eigentlich war er stämmig gewesen und relativ gut genährt, jedenfalls hatte er mehr auf den Rippen, als die anderen. Trotzdem hatte es ihn erwischt. Vermutlich hatte er heimlich Salzwasser getrunken.

Sarid spürte kein Mitgefühl mehr mit seinen Kameraden, er hatte genug zu tun mit dem Schmerz in seinem rechten Oberschenkel. Schon vor der Abreise hatte er da eine schlecht heilende Wunde, die sich nun immer mehr entzündete. Wahrscheinlich war Schmutz hinein gekommen; das Bein schmerzte grässlich. Wenn er jetzt noch eine Blutvergiftung bekäme, wäre es auch für ihn vorbei.

Am zehnten Tag hatte sie ein Fischkutter entdeckt und aufgenommen und mit dem Nötigsten versorgt. Da lag er aber schon mit Fieber in dem kleinen Boot. Außer ihm waren nur noch vier Überlebende, einer davon war Karim. Sie wurden in einem Krankenhaus an der spanischen Küste aufgenommen und dort erwachte er nach seiner Amputation wieder. Sein Bein war nicht mehr zu retten gewesen. Und dabei hatte es ihn noch nicht so schlimm getroffen wie Karim. Der lag wie im Wachkomma. Die Augen zwar offen – aber er sagte keinen Ton und bewegte sich nicht.

Die Sprache des Pflegepersonals verstand Sarid nicht, und auf seine Fragen antworteten ihm alle nur mit Achselzucken. Niemand verstand sein Französisch und auch sein Bambara nicht.

Eines Tages wurden Karim und er abgeholt. Mit einem Krankenwagen fuhren sie an einen Hafen und wurden auf ein Schnellboot der Polizei geladen. Die Überfahrt an die Küste von Marokko dauerte nur Stunden, wo sie bei der Hinfahrt mehr als 10 Tage unterwegs waren. Er würde wieder nach Hause kommen nach Mali, wenigstens nach Hause.

An der Küste Marokkos wartete ein Lastwagen. Sie wurden mit anderen dunkelhäutigen Menschen auf diesen umgeladen. Es ging holprig weiter. Wie er vermutete, waren sie in der Westsahara. Sie würden ihn nach Hause bringen, war sein letzter Gedanke, bevor er erschöpft ein-schlief. Als er erwachte, hatten sie angehalten. Sie wurden mit Gesten und arabischen Worten aufgefordert, den Lastwagen zu verlassen.

Sarid konnte es nicht fassen. Er und noch fünf Weitere saßen nun im Sand der Wüste und der LKW hatte sich entfernt. Sie blickten fassungslos der Staubwolke hinterher. Kein Wasser hatten sie dagelassen, kein Essen. Man hatte sie einfach hier abgeladen, - wie Müll –, zum Tode verurteilt, als Strafe für ihre Hoffnung auf ein besseres Leben. Sie würden hier zu Grunde gehen und Sarid dachte noch: „Ich werde nicht mehr nach Hause kommen, aber ich gehe zu Mohamed, dem Größten".

Kragenbär

Irmina ging auf und ab vor den Pforten des Zoos. Sie fröstelte leicht, der Morgentau glitzerte auf dem Gras der Parkanlage und sie tigerte hin und her wie der schmutzig gelbe Eisbär in seinem Gehege, der gegenüber seine Unruhe über seine Gefangenschaft zu dämpfen versuchte. Sie fühlte sich ebenso, jedenfalls glaubte sie das. Irgendwie gefangen schien sie zu sein und zum bersten gespannt. Was hatte sie sich da schon wieder eingebrockt. Sie war unzufrieden mit sich, weil sie es wieder und wieder tat. Sie hatte eine Begabung, sich in unmögliche Situationen zu manövrieren. Da, jetzt kam ein Zooangestellter mit einem klappernden Schlüsselbund; sie duckte sich schnell hinter einen Busch. Auf keinen Fall wollte sie die Erste sein, die durch das Tor ging. Inzwischen war es halb Acht. Irmina fror nun richtig und der Anblick des Eisbären, der gerade aus dem eiskalten Wasser stieg und sich kräftig schüttelte, trug auch nicht gerade zu wärmenden Gedanken bei.

Endlich kam mit schnellen Schritten ein junger Mann und trat mit einem angedeuteten Gruß zu dem unsichtbaren Mitarbeiter im Kartenhäuschen durch das Tor. Irmina hätte jetzt hineingehen können, sie wäre nicht mehr die Erste, aber irgendetwas ließ sie zögern. Sie fragte sich ernsthaft, ob sie wirklich hier arbeiten wollte. Tierpflegerin wollte sie schon als Kind werden, aber nun hatte sie einen ganz anderen Beruf gewählt, einen wesentlich angeseheneren, sie war Betriebswirtin, mit einem langen Studium. Zudem war sie auch Betriebsrat in der Firma, der einzige Lichtblick in ihrer Arbeit, die sie nun schon seit 11 Jahren verrichtete. Aber ihre Arbeit war ihr viel zu nüchtern, sie wurde langsam depressiv und fühlte sich immer mehr am falschen Ort.

Sie würde als Tierpflegerin nicht einmal die Hälfte von dem verdienen, was sie in ihrer Firma bekam, aber das war ihr gleichgültig, sie wollte nur Freude bei ihrer Arbeit haben. Auch war ihr jetziger Job sinnentleert, sie bediente nur die Firmenstrategie: immer mehr Einnahmen und die ständige Orientierung an den Märkten. Das Menschliche war in ihrer Firma ganz hinten angesiedelt; das hatte sie auch dazu motiviert, sich als Betriebsrat zu engagieren.

Inzwischen waren mehrere Personen durch das schmiedeeiserne Tor in den Zoopark gegangen. Sie schloss sich einer Frau mit Kind auf einem Dreirad an und begleitete sie im Abstand eine Weile. Sie beobachtete die beiden und spürte die Ruhe und Liebe, die Mutter und Kind vereinte.

Wie immer hatte sie einen Zeichenblock und Stifte dabei und beides entnahm sie ihrer großen Handtasche. Sie setzte sich auf eine Bank in der Nähe und fing die Stimmung der beiden Menschen auf Papier ein. Dann ging sie weiter von Käfig zu Käfig und zauberte auch dort die einzelnen besonders charakteristischen Merkmale der Tiere auf das Papier.

Dann kam sie zum Gehege des Kragenbärs. Genau davor war eine Bank von der Frühlingssonne beschienen. Sie nahm Platz und blickte dem einzigen Kragenbär des Zoos, der sie beobachtete, in die traurigen Augen. Irmina fühlte eine plötzliche Verbundenheit mit dem Tier und erinnerte sich an einen kürzlich gelesenen Artikel in der Zeitung, der davon berichtete, dass Kragenbären in China wie Hühner in Käfigen gehalten wurden, wo sie sich kaum umdrehen konnten; allein nur zum Zwecke der Gallenflüssigkeitsentnahme, die zu medizinischen und kosmetischen Zwecken benutzt wurde. Da wusste sie mit einem Mal was zu tun war. Sie bannte das wunderschöne Tier vor ihr in mehreren Ausdrücken auf das Papier.

Nach fast einer Stunde begutachtete sie die vielen Bilder und klopfte sich innerlich auf die Schulter. Ja, sie war wirklich darin begabt Gefühle in Bilder einzufangen. Sie wusste jetzt, was sie in den Tierpark gezogen hatte. Sie begriff, dass es Fügung war hier her zu kommen. Das hier würde ihr Freude machen und sie würde es ausbauen, und nicht nur die gequälten Tiere zeichnen, sondern auch andere Missstände auf diesem Planeten und dann damit an die Öffentlichkeit gehen.

Die Menschen überall auf der Welt sollten aufwachen und endlich spüren, wieviel Unrecht durch Gedankenlosigkeit oder Dummheit auf unserer schönen Welt geschieht. Und sie würde mit ihrer Begabung dazu beitragen.

Noch am gleichen Tag kündigte sie erleichtert in ihrer Firma.

Mein Herzele

So nannte er sie. Doch langsam kamen ihr Zweifel. Liebte er sie immer noch? Der Zweifel nagte an Cora, Woche für Woche. Sie waren so lange schon zusammen. War es wirklich eine Beziehung aus Liebe. Oder war es eher schon immer eine Art Zweckgemeinschaft aus der Not heraus gewesen. Cora hatte viele Beziehungen hinter sich, darunter zwei Ehen, die alles andere als erfreulich endeten. Der erste „Göttergatte" schlug sie bereits in der ersten Nacht, weil sie nicht so (konnte?) wie er es wollte. Aber eigentlich konnte ER nur, wenn er brutal zu einer Frau sein und diese unterwerfen konnte.

Cora hatte das geduldet – viele Jahre lang, fast ein Jahrzehnt -, dann verschwand sie eines Tages, lautlos, unbemerkt für die Augen ihres Angetrauten. Sie hatte beinahe fünf Monate lang alles vorbereitet; er hatte nie irgend etwas Verdächtiges wahrgenommen. Wie auch, er sah nur sich und seine Belange. Cora ließ all das Schreckliche über sich ergehen, denn sie war es gewohnt. Schon als Kind wurde sie immer übergangen, benutzt und beinahe täglich geschlagen. Für sie war es zunächst normal, so behandelt zu werden.

Aber etwas in ihr zerbrach nicht, denn sie las viele Bücher. In diesen Welten waren andere Dinge zu entdecken und sie verschlang sie in jeder freien Minute. Sie flüchtete sich in diese heilen Beschreibungen und ahnte gleichzeitig, dass es offensichtlich etwas anderes gab, als solch ein Leben, wie sie es führte. Sie ließ sich von dieser Hoffnung tragen und begann ihre Flucht zu planen – akribisch und ausdauernd.Das beflügelte sie und als es endlich soweit war, packte sie ihr Köfferchen, nahm das zurück gelegte Geld und fuhr an die Landesgrenze zu Holland. Dort war ein Kloster, über das sie gelesen hatte und sie aufnehmen würde ohne Fragen zu stellen.

So war es dann auch. Sie wurde dort still und freundlich empfangen und bekam kostenlos Unterkunft und Verpflegung und das Wichtigste, es herrschte Schweigen. Niemand fragte sie irgend etwas. Cora blieb ein ganzes Jahr in dieser Umgebung und als man sie bat, für immer hier zu bleiben und Ordensschwester zu werden, schüttelte sie heftig den Kopf. Nein, sie würde die eine Unfreiheit nicht durch eine zweite ersetzen. Sie hatte begriffen, dass auch dieses Leben nicht das von ihr erhoffte sein konnte. Und so verließ sie dieses vorübergehende Heim, das ihr viele Monate Geborgenheit und Schutz bedeutet hatte.

Sie fühlte sich nun stark genug wieder in die Welt hinaus zu gehen. Sie verließ Deutschland zu Fuß und ging über die holländische Grenze; keiner hielt sie auf. Ein Auto nahm sie mit nach Amsterdam und sie fragte den Fahrer, ob er eine billige Unterkunft wüsste. Er bot ihr an, bei ihm zu schlafen. Sie war anfangs misstrauisch, aber allmählich fasste sie Zutrauen und war langsam davon überzeugt, dass er es gut mit ihr meinte. Hätte er sie geschlagen oder vergewaltigt, dann wäre sie sofort weggelaufen, aber er verhielt sich völlig korrekt und sie war dankbar. Er umwarb sie mit Geschenken, bis sie schließlich einwilligte ihn zu heiraten. Er hatte ihr falsche Papiere besorgt und sie heirateten. Am gleichen Tag noch sagte er ihr, er hätte eine Überraschung für sie, und voll Vertrauen und freudig fuhr sie mit ihm nach Amsterdam. Sie betraten gemeinsam ein schönes Haus in Jugendstilbauart und sie bewunderte die nostalgische Einrichtung und die wunderschönen, weichen Teppiche. Sie wurde von ihrem neuen Ehemann in ein prunkvolles Zimmer geführt und er forderte sie auf, sich für ihn schön zu machen, für die erste Nacht. Sie sagte zu allem ja, nahm erst ein Bad, zog dann das durchsichtige Nachthemd an und fragte sich bangen Herzens, was nun folgen würde.

Sie erinnerte sich an die erste Nacht mit ihrem

ersten Ehemann und begann zu zittern. Nach einiger Zeit kam ihr Mann wieder mit zwei unsympathischen, ausländisch aussehenden Männern und ihr Ehemann vollzog die Ehe indem er sie vergewaltigte, während die beiden Männer sie festhielten und danach fielen auch sie über Cora her.

Cora, die laut neuer Papiere jetzt Elfie hieß, blieb fast acht Monate in diesem Etablissement, während sie täglich und nächtlich viele Männer über sich ergehen lassen musste. Aber ihre Seele blieb davon unberührt. Diese hatte sich zurück gezogen und nur ihr Verstand speicherte die Unsäglichkeiten im hintersten Winkel ihres Gehirns. Beinahe acht Monate lang verbrachte sie in diesem Raum. In diesen langen Monaten sah sie keine anderen weiblichen Wesen, spürte keine Sonne auf ihrer Haut und flüchtete sich wie früher in ihre heilen Vorstellungswelten. Sogar während ihrer Misshandlungen gelang es ihr aus ihrem Körper auszutreten und in sonnige, lichtene Welten zu gleiten, in denen sie wunderbare Gegenden durchstreifte und freundlichen Tieren begegnete. Sie konnte blitzschnell in diese Welten eintreten, schneller als jeder Schlag sie treffen konnte. Sie spürte nichts, keinen Schmerz, und sie nahm auch keine Gesichter wahr.

Wenn sie aus ihrer Trance erwachte, fand sie

sich meist mit einem schmerzenden, manchmal blutenden Körper auf dem Bett oder dem Boden liegend, wusch sich, ging zur Toilette und verschwand wieder in ihren Traumwelten. Sie versuchte nicht körperlich zu entfliehen, sie wusste, dass es unmöglich war. Sie aß auch kaum noch, dazu konnten sie sie nicht zwingen, nur Wasser oder auch manchmal Wein, flößten sie ihr gewaltsam ein, indem sie ihr die Nase zuhielten, während sie die Flasche in sie leerten. Sie ließ es ohne Gegenwehr zu, denn sie wusste, dass sie keine Chance hatte. Aber sie konnten sie nie dazu zwingen, das Essen, das sie ihr in den Mund steckten zu schlucken und so magerte sie mehr und mehr ab.

Eines Tages, sie war nur noch Haut und Knochen und sah eher wie eine lebende Leiche aus und keiner wollte noch so ein Skelett vergewaltigen, holten sie sie und fuhren sie an einen Waldrand. Sie wickelten sie in eine Decke und luden sie wie einen Sack dort ab.

Ein Jäger fand sie am frühen Morgen völlig unterkühlt und sie kam in ein Krankenhaus.

Zwei Monate später wurde sie dort entlassen. Eine Frauenorganisation holte sie ab. Niemand wusste ihren Namen oder woher sie kam, denn sie hatte kein Wort mehr gesprochen. Körperlich waren ihre Wunden verheilt und sie hatte auch wieder mehr Fleisch auf den Rippen durch die Astronautenkost, die man ihr im Krankenhaus verabreicht hatte, aber innerlich lebte sie jetzt fast dauernd in irgendwelchen Welten, die nichts mit der realen Welt zu tun hatten.

Selten so gelacht!

Bakano und Aziza liefen so schnell sie konnten über die Wiese in Richtung Wald. Sie waren hinter ihnen her. Wenn sie entkamen, waren sie gerettet, wenn nicht waren, sie tot, das wussten sie ganz genau. Hand in Hand stolperten sie über Stock und Stein. Endlich lag der Waldrand hinter ihnen. Bakano warf sich hinter die ersten niedrigen Büsche und zog Aziza neben sich. Schwer atmend lagen sie hinter den Blättern verborgen und starrten angestrengt in die Felder. Hatten sie es geschafft? Folgte ihnen jemand? Weit und breit war keine Bewegung zu sehen.

Erleichtert beruhigten sich beide und Bakano meinte zu seiner Freundin: „Jetzt können wir weiter, komm meine Liebe!" Bakano erhob sich und reichte ihr die Hand und im gleichen Moment ertönte ein Knall. Aziza sah zu ihrem Freund hoch, sah sein verwundertes Gesicht und bemerkte, dass seine Hand auf seinen Brustkorb gepresst war und sah auch das Blut, das unter seiner Hand heraus quoll.

Geschockt und wie gelähmt sah Aziza wie ihr Freund in die Knie ging, immer noch mit fassungslosem Gesichtsausdruck, und fiel dann wie ein Sack nach vorne auf sein Gesicht. Aziza starrte auf ihn, in ihr völlige Leere, sie begriff nichts. Sie starrte immer noch auf Bakanos regungslose Gestalt ohne etwas zu denken oder zu fühlen, als hinter ihr jemand aus dem Gebüsch brach und sie hochriss. Während ihre Augen noch auf ihren leblosen Freund gerichtet waren, spürte sie wie ihre Arme auf den Rücken gerissen wurden und schmerzhaft erwachte sie aus ihrer Trance. Umringt von schwarzgekleideten Männern besah sie sich die Gesichter, einige davon waren ohne Regung, einige schlugen die Augen nieder und konnten ihrem suchenden Blick auf diese Weise entgehen.

Mehr gestoßen als geführt landete sie schließlich auf einer Straße und wurde in einen dunklen Kleinbus gestoßen, wo sie am Boden liegen blieb. Aziza besah sich intensiv die schwarzen Militärstiefel um sich herum, bemerkte mit akribischer Genauigkeit die Unterschiedlichkeit der Schuhe. Jede Falte, jeden Fleck, ob geputzt oder verdreckt, registrierte sie als hinge ihr Leben davon ab.

Sie hörte wie durch eine Mauer die Laute einer fremden Sprache und begriff nichts. Nach einer ca. einstündigen Fahrt wurde sie wieder aus dem Auto gezerrt und lief zwischen den schwarzen Stiefeln einen Kiesweg hinunter. Dann gaben ihre Knie nach. Sie dachte noch, „wie bei Bakano", dann verstärkte sich die schwarze Farbe der

Stiefel und bald füllte sich das ganze Bild schwarz.

Sie kam wieder zu sich, öffnete aber nicht die Augen, etwas in ihrem Inneren warnte sie. Sie vernahm Geräusche, die sie nicht identifizieren konnte und Stimmengewirr in einer ihr nicht verständlichen Sprache. So lag sie still und bewegungslos da und versuchte zu ergründen, was passiert war. Ihr fiel wieder ein, dass sie mit Bakano auf der Flucht war, aber dann brach die Erinnerung ab und sie sah nur noch schwarze Stiefel und ein unheimliches Gefühl beschlich sie.

Es dauerte Stunden ehe Aziza wagte ihre Augen zu öffnen. Sie fand sich in einem beengten Raum mit drei Stockbetten darin. Sie lag in einem der unteren nahe der Türe. Sie sah auf einen schmalen Flur, auf dem Kinder verschiedener Nationalitäten spielten und entlang liefen. Ein kleines Kind mit etwa vier Jahren, das ein grünes T-Shirt anhatte, saß auf dem Boden und versuchte sich seine schwarzen Stiefelchen zu zubinden. Aziza schaute gebannt auf das Kind und sah den roten Ketchup-Fleck auf seinem Hemdchen und ein unwiderstehlicher Drang zu lachen bemächtigte sich ihrer. Sie lachte und lachte für den Rest ihres Lebens.

Mikado

Stab für Stab bewegen, - ohne dass etwas wackelt. Dieses Spiel hatte Riana immer so gerne mit ihren Schwestern gespielt. Irgendwie erinnerte sie der Haufen Späne vor ihren Augen an dieses fast schon in Vergessenheit geratene Spiel aus ihrer Kindheit. Auf ihrer inneren Leinwand spielte sie erneut Mikado und es vermischte sich mit ihrer tatsächlichen Tätigkeit, die Holzspäne für das kleine Feuer im Ofen einzusammeln.

Vorsichtig hob sie Span für Span und dann sah sie plötzlich die tote Maus unter dem Haufen. Erschrocken sprang sie hoch und schrie. Der Ekel stieg in ihr hoch, würgte sie, und schließlich musste sie sich übergeben.

Nachdem sich ihr Magen vollständig entleert hatte, sank sie an der Schuppenwand zitternd zu Boden. Sie fühlte sich schwach und der kalte Schweiß stand auf ihrer Stirn. Wachsbleich lehnte sie sehr lange an der Holzwand und eine Szene nach der anderen zog hinter ihren geschlossenen Augen vorüber. Sie sah wie damals Soldaten, die mit lautem Getöse und Gewehrsalven in ihre Stube eindrangen. Sie sah wie der Vater, die Brüder und der Großvater unter den Kugeln zusammenbrachen, sah wie das Blut aus ihren Körpern floss, wie ihre Augen brachen. Und sie nahm wahr, wie ihre Mutter und die beiden halbwüchsigen Schwestern an den Haaren hinaus gezerrt wurden, beobachtete, wie sie draußen in den Schlamm geworfen wurden und die Männer über sie herfielen. Das gellende Lachen, das sie dabei ausstießen, hörte sie immer noch überdeutlich in ihren Ohren.

Sie selbst sah sich als knapp Sechsjährige einem der Soldaten mit verschmiertem Gesicht gegenüber, der sie lange taxierte, bis er sich nach endlos langen Sekunden schließlich abwandte. Riana folgte ihm mit ihren Blicken, als er durch die niedrige Türe schritt, wobei er sich bücken musste, um sich den Kopf nicht zu stoßen. Erstarrt verfolgte sie die riesigen Stiefel , sah nichts weiter als diese Stiefel, bis sie eine Gewehrsalve hörte, die sie mehrmals zucken ließ. Sie schlug die Hände vor das Gesichtchen und kauerte sich zu einer runden, kleinen, unsichtbaren Kugel zusammen. Schließlich trug man sie Stunden später aus der Hütte, vorbei an den blutigen Gestalten auf dem Boden und im Hof. Unauslöschlich prägten sich ihr diese Bilder ein, aber erst Jahre später begriff sie, dass diese leblosen Körper in jenem Haus und Hof ihre Familie waren. Sie war die Einzige im Dorf, die überlebt hatte.

Jetzt, zwanzig Jahre später, hatte sie immer noch, völlig unerwartet, ausgelöst durch kleine Details von Ähnlichkeiten, wieder diese Erinnerungen. Diesmal war es der Anblick einer toten Maus, der sie mit den grausamen Bildern der Vergangenheit überflutete.

Stellvertreter Gottes

„Friede sei mit dir!", hörte Querana von vorne, während sie sich in die Nagelhaut ihrer Finger verbiss. Dieses Geschwätz, es machte sie noch ganz krank. Als ob Frieden in der Kirche die Wirklichkeit wäre. Sie hatte erst vor kurzem die Religionsgeschichte der katholischen Kirche gelesen und war noch immer von den Gräulichkeiten geschockt, die sie da Seite für Seite entdeckt hatte.

Wie konnte der Pfarrer da vorne allen Ernstes so tun, als hätte die katholische Kirche wirklich etwas mit Frieden zu tun. Dieser Verein war der letzte, der das Wort auch nur aussprechen durfte. Auch ließ dieser ehrenwerte Herr Pfarrer im Religionsunterricht immer so gerne die frechen Jungs nachsitzen. Sie wusste warum, denn ihr Bruder hatte es ihr unter dem Siegel der Verschwiegenheit erzählt.

Er war damals nach dem Nachsitzen noch monatelang verstört und irgendwann erzählte er ihr, dass der Pfarrer ihn an bestimmten Stellen befingert und ihn aufgefordert hatte, bei ihm dasselbe zu machen. Zum Glück war Rolando so geistesgegenwärtig hinaus zu stürmen, und seither hatte er immer den Religionsunterricht geschwänzt. Keiner nahm je Anstoß daran.

Der „heilige Pfarrer", „Stellvertreter Gottes", hatte ihn nie als vermisst gemeldet in diesem Fach. Wozu auch, am besten totschweigen, er hatte ja noch viele andere Jungs, an denen er sich vergreifen konnte. Auch sie hatte darüber geschwiegen, denn sie hatte es ihrem Bruder versprochen. Aber damit war die Sache für sie nicht aus der Welt, – sie ging in ihr um. Er war ihr Lieblingsbruder, und er war noch zu klein, um sich zu wehren oder sich gar zu rächen. Sie zerbrach sich darüber den Kopf. Die Mädchen schienen dem Pfarrer egal zu sein. Sie konnten so viel Unfug machen, wie sie wollten. Nie verlangte er, dass sie zum Nachsitzen bleiben. Sie hatte es schon häufig probiert und gab oft freche Widerworte, schwätzte laut mit den anderen, warf sogar mit Papierkügelchen nach ihm. Nichts, – er schaute nur kurz auf, blickte ihr in die zornigen Augen und sah wieder zum Fenster hinaus. Sie musste sich wahrlich etwas anderes ausdenken. Während der Religionsstunde hatte sie einmal ein Gedicht geschrieben:

> Der Stellvertreter des Heiligen Herrn,
> der hatte die kleinen Jungs ganz gern.
> Er ließ sie nach der Stunde bleiben,
> um es noch mit ihnen zu treiben.

Sie hatte es schon hundert Mal gelesen und malte sich aus, wie sie das Gedicht dem Direktor in den Briefkasten werfen oder es im Lehrerzimmer unter der Türe durchschieben würde. Auch die Polizei kam ihr in den Sinn. Aber sie konnte sich nicht entscheiden.

Eines Tages im Deutschunterricht lasen sie Gedichte von Heinrich Heine und als Hausaufgabe wurde ihnen aufgetragen selbst ein Gedicht zu schreiben.

Am nächsten Tag, als die Hausaufgaben eingesammelt wurden, hatte Querana zwei Gedichte abgegeben. Eines in ihrer Handschrift und mit ihrem Namen und das zweite anonym in Druckbuchstaben.

Seit dieser Zeit fiel die Religionsstunde aus. Sie sah den Pfarrer nur noch ab und zu in der Nähe der Kirche. Sie selbst betrat diese nie mehr.

Sonntagstheater

„Frieden auf Erden und allen ein Wohlgefallen". Was für einen Käse erzählte der da vorne! Merin gähnte ausgiebig und hoffte, dass diese Theatervorstellung am Altar endlich zu einem Ende kam. Er blickte sich um. Die Mehrzahl der Leute war alt, uralt und Merin fing an, sich darüber Gedanken zu machen, was er hier eigentlich sollte.

Jeden Sonntag, solange er zurück denken konnte, kam er hierher, warum eigentlich? Was hatte er hier eigentlich verloren? Er war nicht getauft; er sollte sich seinen Glauben einmal selbst aussuchen dürfen. Aber das hier war irgendwie nicht seine freie Wahl.

Seine anderen Geschwister waren allesamt getauft, nur er, - mal wieder, - fiel aus der Reihe. Na ja, er war ja adoptiert, und sie waren sich wohl irgendwie unsicher, denn es war nicht bekannt, woher er stammte. „Ein sogenanntes Findelkind," sagten sie. In der Babyklappe fand man ihn. Anonym war er abgegeben worden. Die etwas dunklere Hautfarbe und die pechschwarzen Haare deuteten auf eine nicht gerade deutsche Herkunft hin. Seine jetzige Familie war hauptsächlich blondhaarig. War es seine Haut- und Haarfarbe, die seine Adoptiveltern dazu bewogen, ihn als Einzigen nicht zu taufen? Aber da hätten sie ihn auch gleich taufen können, wenn sie ihn doch unerbittlich jeden Sonntag in die Kirche mitschleppten.

Er blickte unauffällig seitwärts, sah die Familie einträchtig mit dem Liederbuch vor der Brust und brav den Mund öffnen. Nur Mutter sang richtig mit, die anderen taten nur so. Sein ältester Bruder spürte seinen Blick und sah zu ihm herüber, grinste und blinzelte ihm zu. Gerold war nur ein Jahr älter als er und feierte nächste Woche seinen 13ten Geburtstag. Seine vier Jahre ältere Schwester Gerda sah aus, als wäre sie innerlich ganz woanders, wahrscheinlich in Gedanken bei ihrem neuen Freund. Der kleine Peterle schlief tief und fest auf Papas Arm, er war auch adoptiert, aber er stammte von einer deutschen, drogenabhängigen Mutter, die ihn nicht mehr haben wollte. Auch ihn hatten sie taufen lassen; war diese Drogenmutter etwa katholisch? Hatten sie den Kleinen schon im Krankenhaus getauft, wo ihn seine Mutter gelassen hatte? Merin schüttelte seine füllige schwarze Mähne.

Fest stand, dass er nichts mit dieser Theateraufführung am Hut hatte. Dieser ans Kreuz genagelte, nackte und blutüberströmte Mann! Er konnte einfach nicht begreifen, warum der ausgerechnet in einer Kirche hing. Gab es nicht auch so schon genug Elend und Schmerz in der Welt? Sollte man sich lieber darum kümmern, als um so eine elende Gestalt, die schon vor 2000 Jahren gestorben war.

Ein jammerndes Weinen riss ihn aus seinen Gedanken. Es kam von seinem kleinen Bruder Peter, der offensichtlich aufgewacht war und sich nicht wohl fühlte.

Sein Vater blickte ihn streng an, bis er verstummte und seinen Kopf in die andere Richtung drehte, wo die Mutter stand. Stumm streckte er fordernd seine Ärmchen aus, aber seine Mutter deutete Merin an, er solle den Kleinen nehmen und mit ihm hinaus auf den Kirchenvorplatz gehen. Peterle wurde an ihn weiter gereicht, und er war dankbar. Endlich konnte er dieses Panoptikum verlassen, ohne sich anmerken zu lassen, wie froh er war. Er schloss seinen kleinen Bruder in die Arme und verließ die Kirche. Er sah noch, wie sich seine Familie anschickte, sich in die Reihe zu stellen, um die „Heilige Kommunion" zu empfangen. Sollten sie doch die komische Oblate als Frühstück zu sich nehmen; er war nicht hungrig. Er hatte schon vor dem Kirchgang als Einziger mit Peterle ausgiebig gefrühstückt.

Merin ließ lächelnd - und mit Absicht - die Kirchentür laut hinter sich zufallen und widmete sich erleichtert seinem Brüderchen.

Blutiger Versuch

„So läuft es prächtig! Nur weiter so!", dachte Boris. Er beobachtete völlig emotionslos, aber interessiert, seine kleinen Versuchstierchen, die genau so, wie er es geplant hatte, durch die angelegten Tunnel und Höhlen liefen.

Jetzt kapierten sie es endlich, dass sie den weißen Spuren folgen mussten. Das hatte seine Zeit gedauert. Der weiß gestrichene Weg, den er für seine ausgesuchten Tiere angelegt hatte, war mit lauter roten Flecken gesprenkelt. Das kam von dem Blut, das inzwischen fast jeder Maus aus den Ohren und Nasen hervor quoll, weil sie anfänglich, durch Versuch und Irrtum, den ständig erhöhten Stromschlägen ausgesetzt waren.

Aber jetzt lief alles wie am Schnürchen. Sie liefen brav die weißen Wege, die markierten Tunnel, die kleinen Treppchen entlang und landeten schließlich in der Fressgrube. Dort waren ausreichend Leckerlis ausgelegt. Seltsam war nur, dass sie kaum fraßen. Sie mussten hungrig sein von dem Stress und von den ewigen Runden, aber sie schienen kaum Appetit zu haben.
Die ganze Versuchsreihe dauerte nun schon fast eine Woche. Inzwischen war sie wirklich per-

fekt, und es wurde ihm allmählich langweilig. Er überlegte schon, ob er sich nicht anderen Dingen zuwenden sollte und zerbrach sich den Kopf über neue Elemente, die er vielleicht noch hinzufügen könnte, um den Versuch interessanter zu gestalten. Dann hatte er die Lösung gefunden. Er ging in die Tierhandlung und kaufte sechs Ratten. Sie waren größer und bestimmt auch schlauer.

Er baute einen neuen Käfig mit neuen Gängen und schwierigen Barrieren, verlegte die Stromkabel und los ging es mit dem neuen Experiment. Alles war fertig, die Video-Kamera war eingeschaltet und das gleiche Spiel begann mit den Ratten. Sie waren tatsächlich klüger als die Mäuse und fanden schneller den Weg zur Fresskammer. Schon langweilte sich Boris wieder. Er veränderte noch einmal alle Anordnungen und richtete wieder die Kamera auf den Käfig. Diesmal stellte er den Strom so ein, dass sich die Dosis des Stromschlages bei jedem Fehlschlag automatisch erhöhte.

Er musste zum Firmunterricht, sonst gab es Ärger. Er bedauerte, nicht live dabei sein zu können, aber er hatte die Kamera ja gut eingestellt. Bei seiner Rückkehr würde er alles genau verfolgen können.

Erst zwei Stunden später schloss er die Kellertüre zu seinem Hobbyraum wieder auf. Ein Blick in den Käfig – nichts rührte sich. Da sah er die weißen Ratten, total blutverschmiert, reglos liegen. Er fasste in den Käfig hinein, um zu prüfen ob die Ratten wirklich tot waren. Ein grässlicher Schmerz packte ihn. Sein Körper zuckte noch Stunden wie festgeklebt an der Plattform, durch die er den Strom geleitet hatte.

Die Kamera filmte ihn immer noch, als sein Vater ihn spät abends fand. Er blutete aus der Nase, den Ohren, den Augen und dem After.

Frondienst

Sie schlug nun schon seit sechs Jahren die Steine klein – mit vier wurde sie bereits für kräftig genug befunden. Ihr Körper war inzwischen daran gewöhnt und hatte ihre rechte Schulter und den Arm auf dieser Seite mit vielen Muskeln ausgestattet. Sogar ihre rechte Gesichtshälfte war stärker ausgeprägt; für einen guten Beobachter war dies genau zu erkennen. Aber wer beobachtete sie schon? Sie war eines der 28 Kinder, die im Steinbruch arbeiteten. Alle waren Nachkommen von verurteilten Müttern und im Gefängnis geboren worden.

Nach zwei Jahren wurden sie ihren Müttern weggenommen und kamen in das „Webhaus". Dort wurden sie langsam aber stetig zu immer mehr Kraft und Fingerfertigkeit ausgebildet, um sie zunächst beim Weben einzusetzen. Diese Vorübung war nötig, um später dann gekonnt den Steinhammer zu schwingen.

Das lange Sitzen vor den Webstühlen, - an manchen Tagen saßen sie zwölf Stunden davor, kräftigte ihre Rückenmuskulatur. Nur die stärksten Kinder wurden dem Steinbruch zugeteilt.

Jurinka, so nannten sie die Aufseherinnen, gehörte zu den kräftig Gewachsenen; daher kam sie in den Steinbruch zum Steine klopfen, wo auch ihre Mutter arbeitete. Aber das wusste sie nicht. Sie wusste auch nicht genau, was eine Mutter war. Von anderen Kindern hatte sie zwar einiges an Wissenswertem gehört, aber sie wusste nicht, ob es wahr war. Eine Mutter sollte eine Frau sein, die sie in ihrem Leib getragen hatte, aber es war nicht klar, wie sie dort herausgekommen sein sollte. Vielleicht wurden sie heraus geschnitten; einige der Klopferinnen meinten das. Die Mütter hätten eine riesengroße Narbe über dem Bauch, erzählten sie. Andere wiederum vermuteten, die Babies wären ‚unten' einfach herausgefallen, wenn sie zu schwer geworden waren.

Egal, ihre Mutter interessierte Jurinka nicht. Wichtiger war ihr, was und wieviel es zu essen geben würde, – denn sie war immer hungrig.

Als Essenszeit war, stellte sie sich in die Reihe und freute sich, dass heute die freundliche Austeilerin da war, die ihr immer eine extra große Portion auflud und sie anlächelte, wie sie es sonst nicht gewohnt war. Als Jurinka an der Reihe war, sah sie neugierig in das Gesicht der Frau und bemerkte statt eines Lächelns, Tränen, die ihr die Wangen herunterliefen.

Mit ihrem gut gefüllten Teller setzte sie sich neben ihre Freundin Torina, – da meinte diese: „Du, die sieht genauso aus wie du".

Der Marterpfahl

Sie spielten mal wieder Indianer und Soldat; die alten Spiele waren bei den Jungs immer noch beliebt. Unbekümmert weideten sie sich an der Angst des etwas pummeligen Zweitklässlers, als sie ihn an den Marterpfahl banden. Sie umtanzten ihn und jaulten lauthals und hemmungslos und übersahen seine über das schmutzige Gesicht laufenden Tränen.

Die Abendglocken schließlich beendeten seine Schmach. Sie stoben auseinander und trennten sich. Er blieb zurück, von den Schnüren festgehalten. Die stinkende rote Farbe, mit der sie sein Gesicht, Arme und Beine beschmiert hatten, trocknete allmählich an und spannte auf seiner Haut. „Was nun?", dachte er. Wer würde ihn befreien? Die Sonne stand schon tief, sie hatte bereits ihre Kraft verloren und es fröstelte ihn. Sie würden ihn suchen, bestimmt. Es würde ihnen auffallen, wenn er nicht zum Abendbrot kam, er, der immer Hungrige. Seine Beine gaben mehr und mehr nach, und er bezahlte es mit dem Schmerz des einschneidenden Seiles. Warum immer er? Warum mussten sie ausgerechnet ihn immer quälen? Wieso fanden sie kein anderes Opfer, damit er sich wenigstens ab und zu erholen konnte von den Gemeinheiten seiner Mitschüler?

Auch im Unterricht wurde er oft zum Gespött. Sogar die Lehrer hackten auf ihm herum mit ihren bösartigen Bemerkungen über sein fehlendes Wissen oder die mangelhaften Ergebnisse, die er ihnen zeigte.

Inzwischen war aus dem Frösteln ein Frieren geworden, und die Sonne war ganz verschwunden. Die Dämmerung malte gespenstische Schatten in seine Umgebung und langsam wusste er nicht mehr, ob er vor Angst oder Kälte so zitterte. Sie würden kommen, gewiss. Es konnte nicht sein, dass sie ihn vergaßen, - oder doch?

Durch seinen Harndrang wurde er immer unruhiger. Er tippelte von einem Bein auf das andere. Er musste immer dringender. Wenn nicht bald jemand kam... Nun begann er zu schwitzen. Das Zurückhalten seiner Ausscheidungen kostete ihn immer mehr Kraft und schmerzte. Seine Blase war gefüllt bis zum Rand, es tat wirklich weh und kostete ihn all seine verbleibende Kraft. Er fing an zu weinen und schwor, sich zu rächen. Nie wieder würde er sich so erniedrigen lassen.

Er fluchte und heißer Zorn durchflutete ihn, - und heiß warm lief es ihm die Beine hinab.

„Der Pechvogel"

Frisch und fröhlich marschierte der kleine Trupp durch die Ebene. Noch machte ihnen die Hitze nichts aus. Die Aussicht auf ein kühles Bad im Meer schien sie zu beflügeln. Jetzt, am späten Vormittag, streifte sie noch ab und zu ein kühles Lüftchen und mit dem Frühstück im Leib, fühlten sie sich kräftig und waren voller Zuversicht.

Elmar stimmte ein Liedchen an, das er aus Kindertagen kannte, aber niemand von seinen Freunden stimmte mit ein; sie fanden es wohl zu kindisch. Karl blieb ein wenig zurück, er musste die Schuhbänder seiner Stiefel zubinden, und das war gar nicht so leicht bei den ausgefransten Dingern. Endlich hatte er sie wieder zu und sah, dass die Freunde schon ziemlich weit voran gekommen waren. Aber er spürte keinen Impuls hinterher zu rennen. Im normalen Tempo folgte er ihnen. Als er die kleine Gruppe vor sich so beobachtete, wie sie im Gleichschritt flott voran schritt, die Gewehre geschultert, fiel ihm plötzlich siedend heiß ein: Das Gewehr!

Wo war sein Gewehr? Er musste es beim Schuhe binden ins Gras gelegt haben und danach ohne es weiter gelaufen sein.

Der Schreck legte sich auf seine Magengrube,

die sich wie ein Klumpen anfühlte. Er musste zurück, so schnell er konnte. Er hätte den anderen gerne Bescheid gegeben, aber sie waren schon zu weit weg und drehten sich auch nicht um. Also wendete er und stapfte zurück. Karl wusste nur ungefähr, wo er seine Stiefel gebunden hatte. Da sie quer feldein gegangen waren, gab es da leider keinen Weg, dem er hätte folgen können.

Panik erfasste ihn. Und wenn er es nicht mehr fand? Er würde wohl an die Wand gestellt werden, so wie die Fahnenflüchtigen. Zwei Stunden irrte er umher, suchend nach der verlorenen Waffe. Die Sonne brannte nun unbarmherzig auf ihn herab, er trank den Rest aus seiner Wasserflasche. Doch das Gewehr blieb unauffindbar. Karl gab auf und beschloss seinen Gefährten trotzdem zu folgen. Sie würden nach dem Bad im Meer ohnehin noch bis zur Dunkelheit auf das Schiff warten müssen, das sie abholen sollte.

Die Sechzehnjährigen waren als Nachschub angefordert worden. "Denen geht langsam das Kanonenfutter aus", dachte Karl und schritt zügig voran, schließlich wollte er noch vor der Dunkelheit dort ankommen; er hatte schon fast vier Stunden Zeit verloren. Immer ihm passierte so etwas, ein richtiger Pechvogel war er. Von weitem konnte er in der Dämmerung endlich das Meer erkennen. Er würde die letzten vier oder fünf Kilometer im Dauerlauf zurücklegen müssen, denn ihm war, als hätte er ein Schiff am dunstigen Horizont erkannt. Er lief schon eine Viertelstunde, als ihm die Dunkelheit weitere Beobachtungen verwehrte. Er hörte auch so etwas wie Gewehrsalven. „Diese Idioten!", dachte Karl, „ballerten herum, ohne Sinn und Verstand". Wahrscheinlich wollten sie das ankommende Schiff mit lautstarkem Krach empfangen.

Er bekam Seitenstechen; das Laufen war ihm ziemlich ungewohnt, und er verfiel wieder ins Gehen. Fast eine Stunde später erreichte er das Meer. Das Wasser plätscherte um seine Stiefel herum. Sie mussten ohne ihn los sein. So ein Pech! Müde und erschöpft ließ sich Karl in den Sand fallen und sehr schnell war er eingeschlafen. Die Sonne weckte ihn. Er richtete sich auf und sah das herrliche Meer vor sich.

Die Schaumkronen tanzten weiß und er wurde richtig geblendet von dem Glitzern. Er stand auf, klopfte sich den Sand von der Uniform und drehte sich um. Seine Knie wurden weich. Da lagen seine elf Kameraden in ihrem Blut.

Die drei Frauen

Die komische Urschel hatte ihm schon wieder geschrieben. Erik fragte sich, was sie wohl von ihm wollte. Penelope war ihr Name und sie wollte ihm ein Angebot unterbreiten.

Woher hatte sie denn seine E-mail-Adresse? Es war schon das dritte Mal, dass sie ihm schrieb. Es war sicherlich ein unmoralisches Angebot oder warum hielt sie sich so bedeckt? Trotz aller Abwehr löschte er ihre E-mails nicht. Man konnte ja nie wissen…. Vielleicht klärte es sich ja noch auf. Jedenfalls hatte er momentan keine Lust darauf zu reagieren.

Zwei Wochen später, er hatte Penelope schon fast vergessen, sah er schon wieder eine E-mail auf seinem Rechner. Diesmal schrieb sie: „Hallo Erik! Schade, dass du mir nicht antwortest und so gar nicht neugierig bist. Ich würde Dich ja auch nicht nerven, wenn es nicht so wichtig wäre, glaube mir. Ich habe Dich auch ganze sechs Jahre unbehelligt gelassen, aber jetzt habe ich gute Gründe, mich bei Dir zu melden. Dies ist jetzt mein letzter Versuch und ich versichere Dir, dass es wirklich wichtig und nicht zu Deinem Nachteil ist. Also bitte, ein letztes Mal, versuche Dich an eine Penelope, bzw. Penny, vor sechs Jahren zu erinnern und dann komme vorbei. Ich wohne in der Perlstraße 14, das ist nicht einmal weit von Dir entfernt. Bitte komme bald, denn ich bin höchstens noch zwei Wochen unter dieser Adresse zu erreichen.

Erik zerbrach sich den Kopf. Irgendwie kam ihm der Name Penny bekannter vor als Penelope, aber so sehr er auch versuchte sich zu erinnern, er kam einfach nicht darauf. In den letzten sechs Jahren hatte er viele Frauen gekannt, wie sollte er sich da noch erinnern? Sie blieben nie lange bei ihm, oder vielleicht sollte er sagen, er konnte sie meist nicht lange ertragen. Perlstraße sagte ihm auch nichts.

Inzwischen glaubte er nicht mehr an eine aufdringliche Anmache. Früher hätte er sich durchaus sehr schnell von so einem Angebot locken lassen. Aber inzwischen hatte er sich die Hörner abgestoßen und überlegte sich etwas besser, mit wem er sich einließ.

Jedenfalls war seine Neugierde jetzt wirklich geweckt und nach einem Arbeitstag schwenkte er wie automatisch in Richtung Perlstraße. "Es kostete schließlich nichts, sich wenigstens mal das Haus Nummer 14 anzuschauen. Vielleicht erinnere ich mich dann besser", dachte er.

Es war schon dunkel als er vor dem Haus stand und es war ihm völlig unbekannt. Ärgerlich machte er sich auf den Heimweg. Volle drei Tage gelang es ihm, den Gedanken an Penelope und die Perlstraße aus seinen Gedanken zu verbannen. Doch dann eines Tages, als er wieder vor seinem Computer saß und Penny`s letzte E-mail las, verspürte er den Impuls ihr zu antworten. Er schrieb folgendes: „Hallo Penelope, danke für Deine E-mails. Leider konnte ich mich nicht daran erinnern, wer Du bist. Ich war sogar vor Deinem Haus, aber das kam mir auch nicht bekannt vor. Schreib mir doch einfach, worum es geht. Viele Grüße Erik"

Die Antwort kam noch am gleichen Tag, darin stand: „Komm am Mittwoch um 18.00 Uhr vorbei, dann bekommst Du Deine Antwort. Ich koch` was Gutes für Dich. Schreib mir doch, worauf Du Lust hast." „Na gut," dachte Eric, „es kann nicht schaden kostenlos zu einem Essen zu kommen", und er schrieb zurück: „ Okay, mach was Herzhaftes, Schnitzel oder so und einen Nachtisch, z.B. Eis". wäre auch nicht schlecht." – „Okay", kam prompt die Antwort, „also bis Mittwoch um 18.00 Uhr".

Am Mittwoch war er dann den ganzen Tag bei der Arbeit aufgeregt. Diese Verabredung war irgendwie abenteuerlich und er überlegte sogar, ob er tatsächlich hingehen sollte. „Feigling!", beschimpfte er sich selbst, ‚was konnte sie ihm schon tun? Schließlich wog er fast 90 Kilo und war durchtrainiert; das Essen würde sie ihm schon nicht vergiften". Er lachte bei dem Gedanken in sich hinein.

Sein Magen grummelte, als er sich nach einem langen Arbeitstag auf den Weg zur Perlstraße 14 machte. „Wird der Hunger sein", dachte er. Forsch klingelte er bei Penelope Mallard. Der Türdrücker summte und er stemmte die schwere Holztür auf. Er sah am Treppenabsatz einen kleinen blonden Jungen neugierig um die Ecke spitzen. Dann verschwand der Junge ganz schnell in einer offenen Tür. Er folgte dem Kind und rief laut: „Hallo, ich bin's, Erik," in die Wohnung hinein. Eine schlanke schöne Frau mit dunklen Haaren kam auf ihn zu: „Ich weiß, wer Du bist! Komm ins Wohnzimmer! Zieh deine Jacke aus! Hier kannst Du sie hinhängen." Erik folgte ihr und immer noch klickte es bei ihm nicht. Als er ins große Wohnzimmer trat, saßen bereits zwei Frauen auf der Couch und starrten ihn an. Erik wurde ziemlich mulmig und unwohl zumute. Unbeholfen stand er da. Penelope nahm neben den beiden Frauen Platz und sah ihn erwartungsvoll an. Das Schweigen im Raum setzte ihm zu und er versuchte witzig zu sein, indem er sagte:„He, keine Teller auf dem Tisch. Muss ich erst für Euch kochen?" Die drei Frauen lachten nicht. Eine hübsche Blonde, die ihm irgendwie bekannt vorkam, fing an zu sprechen: „Du scheinst uns nicht wieder zu erkennen. Was für eine traurige Gestalt bist du bloß!" Penny fiel ein: „Also, die Sache ist die, Du hast uns alle mal gekannt. Sehr gut sogar. Wir haben dich sogar nackt gesehen!" Die drei Frauen kicherten und Eric wurde immer unwohler. Wer waren die Drei? Sein Hirn arbeitete auf Hochtouren.

Eine kleine Brünette fing an zu sprechen: „Na gut, das war ja klar! Du warst schon immer eine Niete. Das Einzige, was Du gut gemacht hast waren die ...." Mit diesen Worten stand sie auf und ging zu einer Tür, öffnete sie und sprach weiter: „Die hier!", und zum offenen Raum hin: „kommt jetzt herein!"

Drei Kinder kamen ins Wohnzimmer, allesamt blond und ungefähr vier bis fünf Jahre alt. Sie setzten sich zu den drei Frauen auf die Couch und Erik fiel trotz seines Schocks über die Worte der Frauen auf, dass sich die drei Jungs erstaunlich ähnelten.

Zivilcourage

Es war wie im Krieg. Die Türen wurden mit lautem Knall zugeschlagen, Schreie gellten durch das Haus und Füße trampelten auf und ab. Sie stritten sich wieder, und nicht das erste Mal. Fast täglich hallte es durch die Wände.

Eigentlich wollte er schon lange ausziehen. Er ertrug es einfach nicht mehr. Er war sich sicher, dass der Mann unter ihm Frau und Kinder schlug. Es war nur eine Frage der Zeit, dass dort etwas wirklich Schlimmes passierte. Eigentlich war es schon schlimm genug, Kinder zu schlagen. Er hatte schon einmal die Polizei gerufen. Die einzige Folge daraus war, dass er von dem Mann im Aufzug angepöbelt wurde und der ihm drohte, ihn zusammen zu schlagen. Er war offensichtlich noch aggressiver geworden. Hatte er ihn etwa in Verdacht? Danach war drei Tage Ruhe, doch dann ging es mit gleicher Lautstärke weiter. Er musste hier raus! Aber war es nicht feige, sich so aus der Sache zu ziehen und Frau und Kinder ihrem Schicksal zu überlassen.

Gestern erst hatte er die Kleine aus der Familie im Treppenhaus spielen sehen. Ganz allein hüpfte sie auf den Stufen rauf und runter und zu-

fällig nahm er wahr, – als sie ihr Jäckchen aus-
zog -, dass ihre Schultern und Arme blutunterlau-
fene Stellen hatten. Er war einfach weitergegangen. Aber in dieser Nacht schlief er schlecht, und
sein Gewissen meldete sich ständig. Er konnte
sich vorstellen, wie der Körper der vielleicht Sie-
benjährigen sonst noch aussah, und das ließ ihn
nicht mehr los. Dieser Suffkopf, er müsste eigentlich ins Gefängnis. Offensichtlich hatte ihn die
Polizei nur verwarnt, oder wie sollte er sich den
Ausgang des Polizei-Einsatzes sonst erklären. Er
hätte die Anzeige nicht anonym machen sollen.
Er fühlte sich wirklich wie ein Feigling. Vielleicht
hätten sie den Schläger festgenommen, wenn er
seinen Namen genannt und persönlich den Be-
amten geschildert hätte, was da unten in der
Wohnung täglich los war.

Er musste ausziehen, sonst würde er diese
Geschichte nie mehr aus seinem Kopf bekommen.

Am nächsten Ersten zog er in eine andere
Wohnung in einem anderen Viertel. Aber diese
Geschichte verfolgte ihn auch hier noch eine
Weile. Hatte er richtig gehandelt, als er sich nicht
weiter einmischte? Andere würden ihm sicher
beipflichten und sagen: "So was geht uns nichts
an. Das ist die Sache der Familie. Da mischt man

sich nicht ein. Das gibt nur Ärger... etc."

Drei Jahre später kam er zufällig an seiner früheren Wohnung vorbei. Er begrüßte die Hausbesitzerin, eine alte Frau, die inzwischen mindesten 75 Jahre sein musste. Sie kannte ihn noch, und er sprach eine Weile mit ihr. Sie war immer freundlich gewesen. Sie erzählte: „Wissen Sie noch, die Schulzes unten links, die immer so laut waren? Voriges Jahr an Weihnachten hat der Vater sie alle umgebracht, erschossen und sich selbst dazu. Sie lagen alle um den Weihnachtsbaum herum. Na ja, man hat es ja kommen sehen ..."

Klaras Bürde

„Laschlappen, gib mir." Klein Otto streckte die Hand aus. Seine große Schwester drückte ihm den Waschlappen in sein Fäustchen. Geistesabwesend schaute sie ihm zu, wie er sich unbeholfen abrubbelte. Heute war Zahltag und ihr Vater würde wohl wieder spät nach Hause kommen, wenn überhaupt. Sie überlegte, ob sie ihn aus der Kneipe rausholen sollte. Aber das war immer sehr unangenehm. Seine Saufkumpanen lachten sie nur aus; die fanden es noch lustig, wenn sie an Vaters Arm zerrte und er eine Abwehrbewegung machte, die sie an die Wand schleuderte. Die waren alle nicht besser als er. Nur, sie hatten keine Familie zu Hause, keine kleinen Kinder, die auf Essen warteten.

Klaras Versuche, ihn vom Tresen weg zu bringen, funktionierten erst, wenn sie ihm ins Ohr flüsterte: „Denk an Mama! – willst du, dass ich auch so ende?" Dann schaute er sie mit glasigem Blick lange an, legte einen Geldschein auf die Theke und wankte endlich zur Türe. „Na, was hat sie dir ins Ohr geflüstert? Will sie's mit dir treiben? He Paul, sie ist deine Tochter, vergiss das nicht, – nicht eine der dreckigen Huren, mit denen du es sonst treibst!"

Paul torkelte sich schwer aufstützend auf Klara's Schulter die Straße entlang. Lallend erging er sich mal wieder in Rechtfertigungen und Besserungsgelöbnissen. Sie glaubte ihm schon lange nicht mehr. Sie war schon froh, wenn sie ihn von den anderen Saufkumpanen loseisen konnte, ehe er alles Geld versoffen hatte.

Zu Hause schob sie ihn auf die schmuddelige Couch. Kaum lag er da, schnarchte er auch schon. Sie zog ihm die Schuhe aus, hievte seine schweren Beine hoch und kramte in seinen Taschen. Meist fand sie noch ein paar Geldscheine und Münzen.

Damit kamen sie meistens bis zum nächsten Freitag notdürftig aus, um allen täglich ein wenig Essen zu zubereiten. Das Restgeld hatte sie immer in der Spalte des einen losen Dielenbretts in ihrem Zimmer versteckt. Wenn der Vater am nächsten Tag aufwachte und sie ihn beobachtete, wie er in seinen Jacken- und Hosentaschen nach Geld suchte, sah sie sein schuldbewusstes Gesicht. Wenn er dann am Frühstückstisch saß, schaute er ihr nicht in die Augen und manchmal bahnte sich eine Träne über seinen Dreitagebart ihren Weg. Beim Abschied dann, bevor er zur Arbeit ging, murmelte er immer etwas von: „Es wird besser werde".

Klara hörte schon gar nicht mehr hin. Sie machte sich ans Aufräumen, denn gleich musste sie zur Schule und Klein-Otto im Sonder-Kindergarten abgeben. Sie würde heute wieder einmal zu spät kommen. Sie lief noch schnell in den Keller, um ihr Fahrrad zu holen. Wie immer blieb sie kurz unter dem Balken stehen, wo sie vor einem Jahr die Mutter erhängt aufgefunden hatte.

Mukaba

Sein Körper fühlte sich an, als trüge er 200 kg mit sich herum; er hatte Mühe sich aufrecht zu halten. Am liebsten wäre er weit nach vorne gebückt mit hängenden Affenarmen weitergegangen. Stattdessen gab er sich den inneren Befehl, sich besonders gerade aufzurichten. Es gelang ihm auch, aber immer wieder spürte er den Sog, der ihn in die gebeugte Haltung und auf den Boden zog. Er widerstand und schließlich gelangte er zu seinem Wohnhaus, betrat das Treppenhaus und schleppte sich am Geländer hinauf in den dritten Stock. Endlich fiel die Türe hinter ihm zu und auch er fiel in sich zusammen. Gleich hinter der Eingangstür legte er sich völlig entkräftet auf den Fußboden.

Mukaba öffnete die Augen und wusste nicht mehr, wie lange er so da gelegen hatte. Ihm war kalt und er stand auf, ging in die Küche, um ein Glas Wasser zu trinken. Während er das kühle Getränk seine Kehle hinunter rinnen ließ, blitzten Bilder durch seinen Kopf. Er sah einen blutigen Körper in verrenkter Haltung vor sich liegen, die starren Augen himmelwärts gerichtet. Dann wieder sah und spürte er sich in der Erinnerung im Kampf mit einem jungen, glatzköpfigen Mann. Er spürte die vergangenen Schläge, sowohl in seinen Fäusten, als auch dort, wo ihn die derben Schläge auf seinem Körper getroffen hatten.

Er tastete seine Glieder ab, alles tat ihm weh, aber er schien sonst heil zu sein. Er hielt seine aufgeschlagenen, wunden Fingerknöchel unter das kühlende Nass aus dem Wasserhahn, - lange – bis er kein Gefühl mehr darin hatte und die Kälte hoch in seine Arme kroch. Die grässlichen Bilder ließen sich nicht abschalten.

Mukaba stand bewegungslos in seiner kleinen Küche und starrte durch das Fenster: „Sie würden ihn verhaften, ganz sicher und sie würden ihm nicht glauben, dass er angegriffen worden war und er sich nur gewehrt hatte. Dann würden sie ihn zurück in seine Heimat transportieren und dort erwarteten sie ihn dann sicher schon am Flughafen, - ihn, den politischen Flüchtling. Er würde nach langer Folter genauso enden wie der, den er gerade getötet hatte.

Er stand lange wie erstarrt in der Küche, als ihn das Türklingeln aus seinem Zustand heraus riss. „Da sind sie schon", fuhr es ihm durch den Kopf und er schleppte sich resigniert zur Wohnungstüre, ohne durch das kleine Guckloch zu schauen. Er gab sich einen Ruck und öffnete die Tür. Draußen standen zwei Polizisten. Mukaba hörte sie sprechen, verstand aber nicht sofort.

Dann endlich hörte er den Satz: "Gehört Ihnen das Auto vor dem Haus?". Da begriff er erst, dass sie ihn nicht verhaften wollten.

Unverhoffter Besuch

Was war nur los mit ihr? Mindestens zehn Mal war sie vor die Haustür gegangen um auf die Straße zu sehen. Auf wen wartete sie? Er wagte nicht sie zu fragen, denn er kannte das. Was sie nicht freiwillig erzählte, bekam er sowieso nicht aus ihr heraus, außerdem wurde sie immer äußerst unfreundlich.

Elsa kam gerade wieder von draußen herein und setzte sich an den Frühstückstisch. Ihr Vater legte ihr wortlos das gebratene Spiegelei auf den Teller und schnitt das Brot zurecht. Unschuldig fragte er: „Na, was ist heute dran in der Schule?" Sie antwortete nur mit einem Murren, ohne ihn anzuschauen. Also aßen sie stumm gemeinsam ihr Frühstück.

Da schellte es an der Tür. Elsas Gesicht fing an zu leuchten. Sie warf die Gabel hin, griff sich den Schulrucksack und raste ohne Tschüss zu sagen zur Türe hinaus. Der Vater stand ruhig auf, ging zum Fenster und sah, wie seine Tochter mit einem Jungen sprach, den er noch nie gesehen hatte. Er war mindestens zwei Kopf größer als Elsa und sah irgendwie unbeholfen aus. Er sah, wie seine eben noch so schweigsame Tochter unentwegt auf den Jungen einredete und ihn sogar auffordernd in die Seite knuffte.

Nachdenklich sah er den Beiden nach, bis sie um die Straßenbiegung verschwanden. Es schien, als wäre ihm seine Tochter nun wirklich entglitten. Sie war in der Pubertät und jetzt wäre eine Mutter wichtig, aber von ihr hatte er sich scheiden lassen. Es war damals einfach der letzte Ausweg. Sie hatten sich vor der Kleinen nur noch gestritten und schließlich war seine Frau einfach verschwunden; es hieß mit dem Ehemann einer Nachbarin. Der ließ auch eine Frau mit zwei kleinen Kindern zurück. Es war für ihn unbegreiflich, wie man seine Kinder verlassen konnte und er hatte Mühe damit, es seiner Tochter begreiflich zu machen.

Er schaffte es auch nie, Elsas Fragen ohne negative Bemerkungen zu beantworten. Immer schlichen sich kräftige Abwertungen in seine Erklärungen ein, obwohl er sich ehrlich Mühe gab, dies nicht zu tun. Er war einfach zu sehr verletzt. Der Fortgang seiner Frau war nun schon mehr als zehn Jahre her und er fragte sich, ob sich Elsa überhaupt noch an ihre Mutter erinnern konnte. Jedenfalls wäre es sicher gut, wenn seine Tochter in dieser Zeit des Umbruches zur Frauwerdung eine weibliche Figur als Vorbild und auch als Begleiterin hätte. Aber so war es nun mal nicht. Er hatte genug von den Frauen; er registrierte sie nicht einmal mehr, wenn sie ihm begegneten. Frauen wurden für ihn zu neutralen, geschlechtslosen Wesen.

Jeden Abend kam er müde von seiner Arbeit in der Druckerei nach Hause, so auch heute.

Auf dem Nachhauseweg ging er noch beim Chinesen vorbei und ließ sich zwei Menüs einpacken. So brauchte er heute wenigstens nicht zu kochen. Er ging in die Küche, packte die Mahlzeiten auf den Teller, ging dann zur Treppe und rief hinauf: „Elsa, Essen ist auf dem Tisch!" Er setzte sich schon und fing an das Essen zu kosten. Es blieb ruhig und er rief noch mal nach ihr. Wahrscheinlich hatte sie sich wieder in einem der Bücher festgelesen; sie war eine unverbesserliche Leseratte. Sollte sie sich das Essen halt später aufwärmen, auch wenn es dann ekliger schmeckte.

Aber sie kam auch nach einer Stunde nicht herunter. Seufzend stieg er hinauf zu ihrem Zimmer, klopfte und als niemand öffnete, drückte er die Türklinke herunter und betrat das Zimmer. Niemand war da. Ein intensiver Schmerz durchfuhr ihn, ein alter Schmerz. Eine Weile war sein Kopf ausgefüllt mit einem einzigen Satz: „Sie ist weg!"

Allmählich beruhigte er sich wieder und überlegte, was zu tun war. Sollte er zur Polizei gehen? Die würden sicher denken, dass so eine Sechzehnjährige nur eine Ausreißerin wäre und vor 24 Stunden Abwesenheit würden sie ohnehin nichts unternehmen. Es war schon nach zwanzig Uhr, und so spät war sie noch nie ohne sein Wissen fortgeblieben. Er erinnerte sich an Elsas Unruhe beim Frühstück und an den Jungen. Sicher war sie mit ihm fort. Mein Gott, was alles passieren konnte.

Gegen Mitternacht ging er ins Schlafzimmer, um sich wenigstens hinzulegen; an Schlaf war ohnehin nicht zu denken. Angezogen machte er sich auf dem Bett lang. Er spürte ein Rascheln unter sich und rückte zur Seite. Halb unter ihm lag ein Papier; nun war es ein wenig verknittert. Er las: „Hallo Papa, mach' dir keine Sorgen! Ich bin in zwei Tagen wieder da, habe etwas Wichtiges zu erledigen." Er strich den Zettel glatt. Ein wenig erleichtert, aber doch noch empört, dachte er über die Worte nach. Was konnte schon so wichtig sein?

In dieser schlaflosen Nacht beschloss er seiner Tochter zu vertrauen. Erst in den frühen Morgenstunden war ihm klar, dass er nicht zur Polizei gehen würde, er würde bis Sonntagabend warten. Dann schlief er endlich ein. Zum Glück war Samstagmorgen.

Diese zwei Wochenendtage waren für den sorgenvollen Vater die Hölle. Alle möglichen Szenarien gingen ihm durch den Kopf. Um dieses schreckliche Gedankenkarussell anzuhalten, räumte er Elsas Zimmer aus und begann es zu renovieren. Das hatte er schon vor Monaten tun wollen. Jetzt schien ihm der richtige Zeitpunkt. Sonntagmittag war er fertig damit. Die Wände leuchteten in Elsas Wunschfarben lindgrün und die Decke gelb mit aufgemalten mit Sonnen. Es war ihm gut gelungen. Früher hatte er gerne gemalt, aber die letzten Jahre war er lustlos und müde geworden.

Am Nachmittag, er war gerade dabei Elsas Zimmer wieder einzuräumen, läutete es an der Wohnungstür. Draußen stand Elsa und neben ihr eine ihm fremde Frau. „Hi Papa, das ist Helga." Er musterte erst Elsa, sie schien unversehrt und sogar fröhlich, dann sah er sich diese Frau an. Irgendwie kam sie ihm bekannt vor. Sie hatte ein freundliches Lächeln um den Mund. Da fuhr es wie ein Blitz in ihn: Das war seine Frau! Sie sah nicht mehr blondiert und lackiert aus, eher schlicht und natürlich älter. Ohne Schminke hatte er sie gar nicht erkannt. „Willst du nicht, dass wir hereinkommen Paps?". Er öffnete die Tür weit und trat zurück, während er eine einladende Geste mit der Hand machte.

Ein neues Leben

„Freunde, so geht das nicht! Natürlich könnt ihr so oft kommen wie ihr wollt, aber ein wenig Zeit brauche ich doch auch für mich." Paul sagte das zu seinen besten drei Freunden an einem Sonntag, als er bereits um sieben Uhr morgens die Türe aufmachte und die Drei grinsend davor standen. „Aber wir wollten Dich doch nur abholen um mit Dir auf dem Campingplatz Deine bestandene Prüfung feiern. Gestern hattest Du Dich ja verkrümelt." –

Sie begriffen es einfach nicht. Sie konnten sich nicht vorstellen, dass er seine bestandene Prüfung lieber zusammen mit seiner neuen Freundin feiern wollte. Er war bis über beide Ohren verliebt und da waren die beiden selbstverständlich gerne öfter allein. Natürlich war es hart; schließlich hatte er bis jetzt sämtliche freie Zeit mit seinen Jungs verbracht. Aber jetzt, nach der Prüfung, würde sein Leben anders aussehen. Er würde in einem Monat acht Stunden täglich in der neuen Firma arbeiten. Eine Freundin hatte er jetzt auch, die ständig von ihm Aufmerksamkeit einforderte und Schlaf brauchte er schließlich auch. Mit den Saufgelagen, dem nächtelangen um die Häuser ziehen, den Fahrten zu den jeweiligen Fußballspielen, all das musste jetzt reduziert werden. Sein Leben würde nun nicht mehr so unbeschwert und leicht bleiben.

„Komm, doch! Wenigstens einmal noch! Und außerdem kannst Du uns nicht verwehren, dass wir Deinen Abschluss feiern." So jammerten seine Freunde.

„Na, gut, kommt rein, ich geh schnell unter die Dusche, dann komme ich. Wieso seid Ihr überhaupt so früh auf, so kenn ich Euch gar nicht?" – „Na sind wir auch nicht. Wir waren noch gar nicht im Bett", antwortete ihm Fred.

Eine Stunde später waren die Vier auf dem Campingplatz. Natürlich tranken sie wieder jede Menge Bier und am frühen Abend hingen sie immer noch grölend zusammen herum und witzelten über Pauls neues Leben. Eigentlich wollte er höchstens zwei Stunden mit seinen Freunden feiern und nun waren es neun geworden. So richtig bewusst wurde ihm das erst, als er seine Freundin Kate auf sich zukommen sah. Schnell verabschiedete er sich von seinen inzwischen schon reichlich angetrunkenen Freunden, nahm Kate bei der Hand und verließ den Platz.

Kate war den ganzen Weg über sehr schweigsam und als sie den Park erreichten, hielt sie an einer Bank. Sie begann: „Hör zu Paul, ich muss Dir etwas sagen. Eigentlich hatte ich mir das alles etwas anders vorgestellt. Wir waren verabredet, aber das scheinst Du völlig vergessen zu haben." Paul erinnerte sich nun langsam daran, dass sie recht hatte. Er hatte es völlig vergessen. Sie sprach weiter: „Also, ich wollte Dir heute sagen, dass ich schwanger bin und mich freue, obwohl wir das so ja beide wohl nicht geplant hatten. Ich liebe Dich, aber einen solchen Vater, der statt eine Verabredung einzuhalten, sich mit seinen Freunden betrinkt, brauche und will ich nicht." Er wollte sie unterbrechen, aber sie winkte ab und sprach weiter: „ Ich habe noch einundeinhalb Monate Zeit bis zum letzten Termin, an dem eine Abtreibung möglich ist. Bis dahin gebe ich Dir die Chance, Verantwortung zu zeigen. Und jetzt denke darüber nach,! iIn einem Monat können wir uns wieder sehen und Du sagst mir, wie Du Dich entschieden hast." – „Kate" rief er „natürlich…." Sie blockte ihn mit einer Handbewegung ab: „Ich möchte jetzt nicht mit Dir darüber reden! In einem Monat an derselben Stelle um 17.00 Uhr.

Paul blickte ihr fassungslos nach und bezwang sich, ihr nachzulaufen. Sie war so klar, so eindeutig, so unerbittlich. Es wurde Zeit, dass er Verantwortung übernahm.

„Ein Monat, - mein Gott, ein Kind", murmelte er auf dem Nachhauseweg vor sich hin.

Der polnische Student

Bogdanovic hastete vorwärts. Die Äste peitschten ihm ins Gesicht, aber das beachtete er nicht. Er rannte, als wäre der Teufel hinter ihm her, und das war er auch. Dem Leibhaftigen war er gerade noch entkommen. Bevor er an der Reihe war, konnte er gerade noch fliehen. Die Gang, die Unverwüstlichen, so nannten sie sich, verlangten von ihm im Gegenzug für die Aufnahme, dass er einen der Mitstudenten zu Tode quälte.

Er wollte zwar Freunde, aber bestimmt nicht solche. Als Ausländer und bei den vielen Umzügen, die er hinter sich hatte, war es ihm noch nie gelungen, wirkliche Freunde kennen zu lernen. Dieses grausige Aufnahmeritual wollte er um keinen Preis mitmachen und solche Freunde entsprachen nicht seiner Vorstellung. Er war zu klug, um nicht zu erkennen, dass auch sein Leben in so einer Gang sehr bald bedroht sein würde.

Erst spät hatte er begriffen, dass diese Gruppe eigentlich aus Neo-Nazi-Anhängern bestand und nur sein perfektes Deutsch, seine blonden Haare und sein superdeutscher Vorname, Otto, ihn bislang vor Terror und Mord behütet hatten. Sobald sie seinen Nachnamen erfahren hätten, wäre er dran gewesen. Der Student, den er töten sollte, war Russland-Deutscher mit starkem Akzent. Das hatte wohl sein Todesurteil besiegelt.

Langsam fühlte sich Otto nicht mehr so gehetzt. Er war inzwischen ziemlich weit vom Treffpunkt entfernt und vielleicht hatten sie sein Verschwinden noch gar nicht bemerkt. Er überlegte, ob er zur Polizei gehen sollte, aber er hatte wenig Zutrauen, dass sie ihm helfen könnten oder würden. Auch für sie war er kein Deutscher, das hatte er schon oft zu spüren bekommen. Er hätte das Stipendium niemals annehmen sollen.

In dem Land, aus dem die Mörder seiner Vorfahren stammten, konnte die Gemeinheit anscheinend weiter existieren. Er dachte damals vor drei Jahren, dass hier nun eine andere Generation lebte, die schließlich nichts dafür konnte, was Väter und Großväter damals angerichtet hatten. Er war für Vergebung, Großzügigkeit und Versöhnung und auch in dieser Weise von seinem Onkel, von dem er den Vornamen erhalten hatte, beeinflusst worden. Aber nun, nach diesem Erlebnis, in das er da geraten war, wurde er eines Besseren belehrt.

Er setzte sich auf einen Baumstumpf und überlegte, wie er weiter vorgehen sollte. Es war ihm danach, sofort das Land zu verlassen, da er in

108

der Kleinstadt nicht sicher war, und sie ihn bestimmt finden würden. Sie wussten, wo er stu-
dierte und wohnte. Es gab kein Entkommen.

Aber was war mit seinem Studium? Er hatte
noch zwei Semester bis zu seinem Abschluss. Er
schaute sich um und bemerkte, dass er ganz
nahe am Nachbarort angekommen war. Er war
hier schon einmal durchgefahren und erkannte
ihn wieder. Er schlenderte durch die Straßen, rat-
los und gleichzeitig wütend. Da fiel sein Blick auf
ein Schild mit goldenen Lettern: Verein für Gerechtigkeit – Dr. Gräben – Rechtsanwalt für Ausländer und Asyl. Da wusste er mit einem Mal, er
würde nicht aufgeben, er würde kämpfen,
schließlich wollte er doch einmal Rechtsanwalt
werden - und so drückte er unterhalb des Schil-
des auf den Klingelknopf.

Halleluja

Zwar war ihm nicht zum Jubilieren, aber Freude kam schon auf, als der Bauer Peters, den Brief in Händen hielt. So lange hatte er von seinem Sohn nichts mehr gehört. Er betrachtete die prächtige Briefmarke und versuchte den Stempel zu entziffern. Wo war er wohl jetzt? Seit über zwölf Jahren hatte er kein Wort mehr von ihm gehört und jetzt dieser Brief. Zu der Freude gesellte sich allmählich ein banges Gefühl. Was war wohl der Grund, dass er ihm jetzt schrieb. Ein Anruf wäre sicher genau so aufregend gewesen, aber dieser Brief, es musste etwas Wichtiges sein, was ihm sein Sohn mitzuteilen hatte.

Nachdenklich schlürfte er seinen Tee aus der Tasse und vor seinem geistigen Auge zogen dabei Bilder aus früheren Zeiten vorbei. Sein Sohn Samuel, zweijährig, wie er auf seinen wackeligen, strammen Beinchen die Hühner jagte. Sam, als Sechsjähriger, mit ihm angelnd am nahen Bach stehend. Und er sah ganz deutlich die letzte Szene vor zwölfeinhalb Jahren, wo er seinen Sohn mit dem aufgeschnallten Rucksack den Hof verlassen sah, – ohne sich auch nur noch einmal umzudrehen.

Peters spürte immer noch die Verbitterung, die er damals empfand. Er fühlte sich im Stich gelassen. Samuel sollte einmal als einziger Sohn den Hof übernehmen. Er hatte ihm alles beigebracht. Heute wusste er, dass er eine zu harte Hand hatte, aber er wusste es damals nicht besser. Er wollte ihn stählen, denn diesen Hof zu leiten, dazu brauchte es einen ganzen Kerl, keinen verwöhnten Burschen, der nur immer die Mädels im Kopf hat.

Es gab viel Streit in den letzten Jahren, an dem die Mutter schließlich zerbrach. Sie war schon krank als Samuel das Elternhaus verließ und starb ein halbes Jahr später, wahrscheinlich am gebrochenen Herzen. Und er, der Witwer, blieb verbittert zurück, fest davon überzeugt, dass Samuel schuld an ihrem frühen Tod hatte. Er konnte ihn nicht einmal benachrichtigen; hatte nur von seinen ehemaligen Freunden erfahren, dass er damals in die Fremdenlegion gegangen war. Keiner wusste genau wohin, jedenfalls weit weg.

Im vergangenen Jahrzehnt war dem inzwischen über sechzig gewordenen Bauern vieles klar geworden. Er war jahrelang so verbittert gewesen, dass er seinen Sohn aus dem Gedächtnis gelöscht hatte. Erst allmählich tauchten in den vielen einsamen Stunden auch Fragen auf, die er an sich selbst stellte. Inzwischen hatte er akzeptiert, dass er selbst seine Anteile daran hatte, dass der Sohn weggegangen war, nein vor ihm geflohen war. Oft hatte er sich gefragt, ob sein Samuel wohl noch am Leben war. Und dieser Brief ließ sein Herz erfreut höher schlagen, aber er hatte auch Angst, was in diesem Papier stehen könnte.

Er gab sich einen Ruck und öffnete fast zärtlich und ganz vorsichtig den Umschlag.

Als erstes las er das Datum und daneben stand La Plata. Er holte sein altes Lexikon heraus. La Plata – Hafenstadt in Argentinien stand da. Er las weiter:

Lieber Vater!
Lange ist es her, dass wir nichts mehr voneinander gehört haben. Es tut mir leid, dass ich euch so lange im Ungewissen gelassen habe. Nun habe ich vor zurück zu kommen. Falls ihr das nicht wollt, ruft die Nummer 7856231 in Berlin an. Es ist die Telefonnummer eines Freundes. Ihn werde ich in ca. 4 Wochen besuchen und er kann mir dann mitteilen, ob ihr mich sehen wollt. Bis dahin wünsche ich euch eine gute Zeit!
Liebe Grüße
Samuel

Dem Vater liefen die Tränen über das Gesicht

während er die Zeilen las. Sam wusste offensichtlich nicht, dass seine Mutter tot war. Wie konnte er nur denken, dass er nicht wollte, dass er nach Hause kam. Eine Woche später rief er in Berlin an und ließ seinem Sohn ausrichten, dass er jederzeit zu Hause willkommen wäre.

Zwei Monate vergingen, dann läutete das Telefon und er erkannte sofort die Stimme seines Sohnes.

„Vater, ich bin es. Ich wollte dir sagen, dass ich am Sonntag komme. Ich hoffe, es ist euch recht".

„Ja, natürlich Samuel, das ist gut, dass du kommst."

Dann, nach einigen Schweigeminuten verabschiedeten sich die beiden.

Der Vater war an diesem Sonntag schon sehr früh aufgestanden; die Unruhe hielt ihn nicht mehr im Bett. Wann würde er da sein? Sie hatten nicht über eine Zeit gesprochen.

Dann am Nachmittag sah er von weitem eine Gestalt den Hang herauf steigen. Er holte seine Brille und sah, dass der Mann hinkte. Er war wohl verwundet worden; wer weiß, wo er überall gekämpft hatte. Aber er lebte. Sein Herz schlug schneller und er begann ihm entgegen zu gehen. Der Bauer Peters war schon immer ein rauer Geselle gewesen, der keinen in seine Seele schauen ließ, aber jetzt konnte er nicht anders, er schloss seinen Sam in die Arme und weinte.

Samuel war wirklich überrascht, einen solchen Empfang hatte er sich nicht vorgestellt. Eher schon hatte er mit seiner Mutter und deren Umarmung gerechnet.

Sie gingen langsam gemeinsam zum Haus; heruntergekommen sah es irgendwie aus. Sam sah seinen Vater von der Seite an – er war alt geworden. Seine Frage nach der Mutter beantwortete Peters mit: „Lass uns erst mal hinein gehen".

Samuel wurde es heiß und kalt. Er ahnte, was nun kommen würde und nahm schließlich die Nachricht gefasst auf.

Der Vater hatte ihm sein altes Zimmer hergerichtet und brachte ihn die Treppe höher. Sam sah sich um und setzte sich schließlich auf das Bett. „Vater ich bin müde, sehr müde – ich würde gerne erst einmal schlafen". „Natürlich", antwortete der alte Mann, blieb aber im Türrahmen unsicher stehen. Samuel nahm keine Notiz mehr von ihm und begann seine Stiefel auszuziehen. Der Vater sah erschrocken die Holzprothese ab dem Knie. Samuels rechter   Unterschenkel war durch dieses Holzteil ersetzt worden.

Zwei Möglichkeiten

„Auf und nieder, immer wieder", tönte es aus dem Lautsprecher. Dieser verdammte Ohrwurm ging ihm schon seit Tagen nicht mehr aus dem Kopf. Sie könnten wenigstens einmal das Band wechseln. Er war doch schließlich nicht auf dem Oktoberfest in München. Er schüttelte sich kurz, versuchte sich auf diese Weise zu befreien und wendete sich wieder seiner stupiden Arbeit zu.

Den ganzen Tag immer nur diese Löcher stanzen, das musste einen ja verblöden. Er seufzte; seine Gedanken wanderten in seine kleine Wohnung, die jetzt leer stand. Seine Frau und sein Söhnchen hatten ihn verlassen. Er war ihr zu dumpf geworden, hatte sie ihm gesagt; immer nur müde auf der Couch und Fußball gucken. Sie hatte ja recht. Er hatte sich wirklich zu wenig gekümmert, aber jetzt war es ohnehin zu spät.

War es wirklich seine Schuld? Er war doch nach dieser eintönigen Arbeit immer total müde und zu nichts mehr fähig. War es nicht sie, die ständig darauf drängte, endlich eine Arbeit zu finden? Was wusste sie schon, wie das war für ihn, arbeitslos zu sein und im Nacken sitzen die ausgesprochenen und unausgesprochenen Forderungen der Familie: „Wir können uns dies und das nicht leisten. Der Junge bräuchte neue

117

Schuhe. Leider haben wir nichts anderes zu Essen als diese Kartoffeln. Fleisch ist zu teuer usw.." Was wusste sie schon davon, wie es war, stundenlang vor jener Türe mit der Aufschrift: „Ingenieure", in einer langen Reihe Wartender zu sitzen und am Ende doch zu hören. „Leider, Herr Borten, wir haben wieder nichts für Sie! Aber wenn Sie zum Zimmer 231 gehen, dort haben sie noch etwas, die suchen noch…, aber halt keine Ingenieure." In Zimmer 231 wurden Hilfsarbeiter gesucht und er hatte jetzt oft genug diesen Hinweis ignoriert. Was war schon dabei, sich wenigstens einmal diese Angebote vorlegen zu lassen. So hatte er diesen Job angenommen. Immerhin bekam er mehr als Hartz IV oder wie man das nannte. Seine Frau hätte doch zufrieden sein können, dass er um seiner kleinen Familie willen diese Arbeit angenommen hatte.

Inzwischen war er immer noch mit all diesen Gedanken zu Hause angelangt. Leere schrie ihm entgegen und er hatte keine Gefühle mehr in sich. Nun, es stimmte schon, diese Dumpfheit war tatsächlich in ihm. Sie roch nach Hoffnungslosigkeit, Resignation und Traurigkeit, die ihn lähmte. Er selbst wollte so eigentlich auch nicht enden, ein Leben lang nur Löcher stanzen und dabei seine Kreativität und sein Hirn verlieren, dann schon lieber tot.

Er ging ins Schlafzimmer und schloss den Safe auf, dort lag ganz hinten sein Revolver. Er nahm ihn heraus. Schwer und gewichtig lag er in seiner Hand. Kühl und irgendwie tröstlich fühlte er sich an. Er hatte ihn schon lange nicht mehr gereinigt. Das würde er jetzt tun. Er ließ sich Zeit, es gab ihm ein gutes Gefühl und irgendwie fühlte er sich nicht mehr so allein. Da fiel ihm das Reinigungstuch aus der Hand und er bückte sich, um es aufzuheben. Er kroch unter den Tisch und bekam das Tuch mit zwei Fingern zu fassen. Dabei fiel sein Blick auf ein anscheinend achtlos fallen gelassenes Foto. Er nahm es auf und legte Tuch und Foto vor sich auf den Tisch. Es war ein Bild, das seine Frau mit dem kleinen Bert, der darauf nicht älter als ein halbes Jahr war, und im Hintergrund das Meer in Griechenland, zeigte. Damals war noch alles in Ordnung gewesen, auch hatte damals seine Firma noch nicht Konkurs gemacht. Die beiden sahen glücklich aus und wehmütig dachte er an den damaligen Urlaub.

Mit einem Mal wurde ihm klar, dass sie es wert waren, um sie zu kämpfen, dass sie es wert waren, sein Leben nicht einfach wegzuwerfen.

In dieser Nacht schlief er lange nicht ein. Er war zu aufgeregt von all den Möglichkeiten, die sich da plötzlich vor ihm auftaten. Eines war klar:

Er würde nicht aufgeben, auf keinen Fall. So schlief er endlich gegen Morgen ein, das Foto seiner Lieben auf der Brust.

Vergänglicher Zauber

Richard und Elma gingen Hand in Hand den steilen Weg entlang. Sie sprachen kein Wort und trotzdem kam keine Spannung auf. Es genügte ihnen ohne ein Wort nebeneinander her zu gehen. Es schien alles gesagt. Aber in Wirklichkeit hatten sie nicht mehr als zwanzig Worte miteinander gewechselt und sie machten sich auch keine Gedanken darüber. Sie schienen verbunden wie durch ein unsichtbares Band. Sie hatten die Anhöhe erreicht und blickten über die Baumspitzen der Hänge zum Tal hinunter.

Es war völlig still bis auf das Vogelgezwitscher. Gebannt traten sie beide in eine Art Multiwahrnehmung. Sie hielten sich an den Händen und spürten dadurch gleichzeitig die körperliche Nähe. Elma fühlte die Sonne auf ihrer Haut und hatte den Eindruck, eine Pflanze zu sein, die von den Sonnenstrahlen genährt wurde. Der Eindruck der Stille machte ihre Ohren übersensibel für das vielfache, unterschiedliche Vogelgezwitscher und sogar den Wind hörte sie sachte in ihren Ohren. Richard dagegen fühlte zwar wie Elma die Verbundenheit beider Herzen durch das Händehalten aber in seinem Kopf füllte sich eine Leere mit Seligkeit, so wie er sie noch nie gespürt hatte und er glaubte zu schweben. Es war beiden, wie wenn ein Wunder geschah, eines, das sie niemals für möglich gehalten und sich niemals hätten ausdenken können. Ihre Seelen waren satt.

Dann, mit einem Mal, wurden die heiligen Momente zerstört durch ein Reh, das durch das Dickicht brach. Gehetzt hielt es kurz inne und starrte eine Sekunde auf die zwei Gestalten, die keine drei Meter vor ihm standen. Doch diese Sekunde reichte aus, um die beiden Verbundenen gleichzeitig die Panik spüren zu lassen, die sich ihnen durch die Augen des Tieres mitteilte.

So offen wie Richard und Elma in ihren Seelen gerade waren, nahmen sie die Angst des Tieres auf und fühlten sich wie gelähmt und mitgerissen in den lautlosen Strudel der panischen Angst. Als die endlose Sekunde vorbei war, sprang ein Rudel wilder Hunde aus den Büschen und stürzte sich auf das erstarrte Tier. Richard und Elma sahen mit schreckgeweiteten Augen tatenlos in den brechenden Blick des Rotwildes, während die Hunde in ihrem Blutrausch den Bauch des Tieres aufrissen. Vorwurfsvoll erschien ihnen jetzt das Schauen des wunderschönen Rehes, aber auch staunenswert.

Als erster kam Richard langsam aus der Bewegungslosigkeit heraus und überwand seine Starre. Er drehte Elma langsam an den Schultern um und sie verließen den Ort des Grauens auto-matenhaft unter den Geräuschen von Knurren, Schmatzen und Jaulen. Sie hörten diese schrecklichen Töne noch lange in ihren Seelen, auch als sie mit den Ohren längst nicht mehr zu vernehmen waren.

Der Zauber war verschwunden.

Der gebeugte Rücken

„Nein, nein und noch mal nein, nicht schon wieder! Das kann doch nicht sein, dass es kein Entkommen gibt? Bin ich der einzige Mensch, der nicht zu retten ist – oder sind wir es alle nicht?" Thorus ging gebeugt durch die Äcker, die gelb vom blühenden Senf leuchteten. Alles flimmerte hell und farbig, so als wäre alles wunderschön. Alles Lug und Trug.

Keiner sah hinter die Dinge. Die Menschen redeten sich die Welt einfach nur schön, weil sie sonst unerträglich wäre. Verstehen konnte er das, aber er gehörte nicht zu diesen Schwächlingen, die flach auf dem Boden liegen, unfähig sich zu rühren, wenn sie erkennen könnten, was er sah, wenn sie es zuließen, die Realität so wahrzunehmen, wie er es tat.

Es war ihm, als wenn er auf einem Turm stünde und weit unter ihm wuselten die Menschen mit ihren weltlichen Geschäften. Diese kleinen Wesen, kaum einen Zentimeter groß, irrten umher, plan- und ziellos und heillos in ihre Dramen verwickelt. Getrieben ständig umher zu rennen, aus Angst stehen zu bleiben und zu sehen, wie die Wirklichkeit ist. Nein, die Last, die ihm nur einen Rundrücken eingebracht hatte, konnte ihn nicht niedermähen und zermalmen. Er war es gewohnt die Stirn zu bieten, auch wenn sie schon ganz höckerig, von den schweren Gedanken war.

Sie taten ihm leid, diese fleißigen Ameisen und emsigen Bienen, die dem "großen Gesetz" dienten, das sie letztlich nur ausbeutete, das sie nur beschäftigte, um sie daran zu hindern verhinderten, auch nur einen klaren Gedanken zu fassen. Welch sinnloses Unterfangen, unentwegt umher zu rasen, um nicht zu denken. Aber litten diese unterworfenen, gefangenen Wesen nicht weniger als er? Waren sie am Ende nicht besser dran?

Sein Leid, das durch das Erkennen ausgelöst wurde, war gründlich, so allumfassend, und so, dass es ihm jegliche Hoffnung raubte und jede Zuversicht. Und war es nicht so, dass diese Resignation und Hoffnungslosigkeit ihn letztlich zerstörte? Sein Widerstand gegen das gemütliche Elend der Zentimeter-Menschen, sein Streben, es ihnen auf keinen Fall gleich zu tun, – brachte ihm vielleicht nur ein immer hoffnungsloseres Leben ein. War er in Wirklichkeit möglicherweise dümmer als diese kleinen Wesen, die sich vollendet an die Fälschungen dieser Welt anpassten?

War er nicht auch ein Wesen, das einer Verblendung folgte – einer anderen, - um ja nicht die Wahrheit sehen zu müssen, dass er ein ebensolches Insekt war, das nur nicht einsehen wollte, dass er eines von ihnen war?

In seiner gebückten Haltung, in der er durch die Felder ging, fiel ihm ein eifrig hin und her laufendes Insekt auf. Als er sich nieder hockte, um es genauer zu betrachten, sah er eine Spinne, die zwischen den Gräsern ein Netz baute. Fasziniert beobachtete er ihre intensive Arbeit und dachte mit Hochachtung über das fleißige Tierchen nach: So ein emsiges Wesen, ganz aufgehend in seiner Arbeit, die letztlich dem Verderben einer anderen Art diente. Ohne zu überlegen, einfach nur seiend, ohne Bedenken moralischer Art sicherte es sein Überleben. Und das erste Mal kam ihm der Gedanke, dass er mit diesem Insekt tauschen wollte, denn es war ein Einzelgänger, verglich sich nicht und die Frage nach Glück oder Unglück war ihm fremd.

Alleingelassen

Wenn Elmar doch nur endlich nach Hause käme! Er war schon drei Tage fort, ohne ein Wort, einfach verschwunden. Er hinterließ nichts; – keinen Brief –, nicht einmal eine Notiz.

Sie, seine Ehefrau, hätte doch wohl eine Nachricht verdient und besonders jetzt, wo sie schwanger war.

Sie würde wohl eine Vermisstenanzeige aufgeben müssen. Morgen würde sie endlich zum Polizeirevier gehen. Sie hatte es aus Scham so lange hinaus gezögert. „Eine verlassene Ehefrau" – so würde sie von nun an angesehen werden. Fabiana schalt sich selbst. Vielleicht war ihm ja etwas zugestoßen? Wieso sollte er sie auch verlassen haben? War denn seine Freude über das ungeborene Kind nur Theater gewesen? Sie hatten schon drei Jahre lang vergeblich versucht ein Kind zu zeugen und jetzt wo es endlich geklappt hatte…. Nein, das konnte einfach nicht sein.

Sie zog den Mantel an und verließ das Haus. Auf der Polizeistation meldete sie ihren Mann als vermisst. Der diensthabende Polizist ließ sie eine Menge Fragen beantworten. Ob er vielleicht auf Sauftour wäre, ob es nicht sein könnte, dass er vor dem Kindergeschrei geflohen sei, oder ob sie sich öfter gestritten hätten…

Fabiana spürte, wie ihr bei all diesen Fragen die Röte der Scham und des Zorns empor stieg. Der Polizist musterte sie dreist von Scheitel bis zur Sohle und blickte unverhohlen und lange auf ihren sichtbar gewölbten Bauch. Sie fühlte sich erniedrigt, bloßgestellt, wie nackt und wäre am liebsten hinausgerannt oder in den Boden versunken. Tapfer beantwortete sie scheinbar teilnahmslos alle Fragen sehr sachlich.

Als sie endlich wieder auf der Außentreppe des Reviers stand und die kühle Winterluft atmete, merkte sie wie angespannt ihr ganzer Körper war. Sie atmete tief ein und im gleichen Moment spürte sie ein Ziehen in ihrem Unterleib. Das konnten doch nicht schon die Wehen sein, drei Monate zu früh. Sie versuchte sich zu beruhigen und stieg in das Auto. Sie wollte so schnell wie möglich weg von diesem unfreundlichen Ort. Sie fuhr in ungewohnter Schnelligkeit aus der Parklücke und raste durch das Städtchen, als wäre sie auf der Flucht. Die Schmerzen in ihrem Leib nahmen zu. Sie bremste erst, als sie den Wald erreichte und fuhr noch in einen kleinen Weg hinein. Dort blieb sie über das Lenkrad gebeugt sitzen, angstvoll auf die nächste Schmerzwelle wartend, die auch bald kam. Sie spürte, wie es unter ihr nass wurde und dann nur noch, wie eine dunkle Wolke in ihr Bewusstsein kroch und schließlich Stille und Schmerzlosigkeit.

Zwei Tage später fanden Spaziergänger die erfrorene Frau. Sie wurden aufmerksam, weil sie Blutspuren neben der Fahrertür im weißen Schnee sahen.

Barmherziges Vergessen

Mildred öffnete vorsichtig die Tür und wagte einen Blick in das große Zimmer. „Du meine Güte!", dachte sie, „alles leer". Er war offensichtlich ausgezogen. Empört rief sie laut in den Raum: „Und ohne mir auch nur ein Wort zu sagen!" Sie stand nun fassungslos in dem völlig leergeräumten Zimmer. Wie konnte er ihr das antun? Ihre Beine gaben nach und sie setzte sich auch den Boden. Ganz schwindelig war ihr geworden und allmählich begriff sie das Ausmaß seiner Handlung. Nicht nur, dass sie nun mit dem Kind im Bauch allein war; nein, er hatte sie auch mit den ganzen Schulden zurück gelassen. Er war schon immer ein Feigling gewesen. Reichte es denn nicht schon, dass sie ihn in flagranti im gemeinsamen Bett erwischt hatte? Wie sollte sie darüber jemals hinweg kommen? Sie strich über ihren Bauch; der Kleine da drin hatte gerade kräftig gestrampelt. Leider war sie schon im sechsten Monat und an Abtreibung war da nicht zu denken. Sie wollte dieses Kind nicht. Es würde seine Gene in sich tragen und sicher ebenso ein Hallodri und Feigling werden. Eines der Füßchen ihres Ungeborenen attackierte sie gerade heftig, es schmerzte sie sogar richtig. So hatte dieses kleine Wesen sie noch nie getreten. Sie hob ihren Pullover und sah sich noch mehrmals die sich wiederholende Ausbuchtung nach den Tritten an. Sie spürte den unwider-stehlichen Drang zurück zu boxen, ließ es aber dann. Was konnte dieser arme Wurm schon dafür? Sie legte sich auf den Boden, rollte sich wie ein Baby zusammen und versank tränenlos in eine Art Trance. So fand sie ihre Freundin Ines nach fünf Stunden.

Ines holte ihren Freund Boris und gemeinsam trugen sie Mildred in ihr Schlafzimmer. Die schwangere Frau war nicht mehr ansprechbar und der herbeigeholte Notarzt ließ sie ins Krankenhaus einweisen. Hochgradige Unter-kühlung und stuporartige Bewusstlosigkeit war die Diagnose. Ines saß jeden Tag nach ihrer Arbeit stundenlang an ihrem Bett. Mildred lag weiß wie das Kissen und völlig bewegungslos, mit geschlossenen Augen da. Nur die Brust hob sich kaum merkbar regelmäßig auf und ab. Ansonsten war kein Lebenszeichen zu erkennen. Ines versuchte alles. Sie erzählte ihr von ihrem Tag, dem Wetter, leierte die neuesten Nach-richten herunter. Nichts half, Mildred lag wie tot vor ihr und niemand konnte ihr sagen warum. Aber allmählich reimte sich Ines alles nach und nach zusammen. Sie wusste von Marios Seitensprung und begriff, dass er sie verlassen hatte. Auch von den Schulden wusste sie und sie verstand, dass es mit diesem Schicksalspaket schwer zu leben. Sie kannten sich nun schon seit über zwölf Jahren und hatten in dieser Zeit immer Freud und Leid geteilt.

Aber nun fühlte sich Ines wirklich hilflos,; sie wusste einfach nicht, wie sie helfen konnte. Mildred lag nun schon zwei Monaten in diesem Zustand, wurde durch eine Sonde ernährt, kathedterisiert , bekam Krankengymnastik und sie und ihr Kind wurden vollständig mittels Apparate überwacht. Verzweifelt saß Ines immer noch an ihrem Bett und las ihr Geschichten, ja ganze Romane vor. Es gab keine Reaktion, aber sie ließ nicht nach. Schließlich kam sie auf die Idee, dass sie wenigstens mit dem Kind reden könnte. So begann am 10. September der Dialog zwischen Ines und Bambinus, wie sie ihn nannte. Sie sprach mit ihm und streichelte dabei oft den Bauch von Mildred und sie spürte an den Bewegungen des Ungeborenen, dass es sie offensichtlich wahrnahm. Sie erzählte ihm von der Zukunft, was er alles tun konnte, wenn er erst einmal geboren worden war, las ihm Kinderbücher vor und spürte, wie der Kleine ihr immer mehr ans Herz wuchs.

Als Ines zwei Wochen vor dem Geburtstermin nach ihrem Arbeitstag ins Krankenhaus kam, war das Bett leer. Eine kalte Faust griff nach ihrem Herzen und die Angst stieg in ihr hoch, dass die beiden wohl gestorben sein könnten. Sie überwand ihre Lähmung und ging zum Schwesternzimmer. „Ach Sie!", rief Schwester Ruth, „keine Angst, das Baby ist am Leben und ihre Freundin ist während der Wehen aufgewacht. Sie sind auf der Mutter-Kind-Station im ersten Stock..., warten sie..., Zimmer 109..., Geh'n sie ruhig!" Ines war danach, einen Luftsprung zu machen, aber sie hielt an sich und bedankte sich freundlich. Dann lief sie die Treppen hinunter zur Wöchnerinnenstation. Der Aufzug war ihr viel zu langsam. Sie öffnete nach dem Anklopfen leise die Türe und sah eine strahlende Mildred mit dem Baby im Arm. Ines umarmte ihre Freundin und die sagte leise: „Schau, das ist Marion, ist sie nicht süß?" Ines staunte nicht schlecht, der vermeintliche Junge entpuppte sich als Mädchen und hieß sogar plötzlich Marion. „Wieso hast du sie Marion genannt?" – „Ich weiß auch nicht..., ich finde sie sieht aus wie Marion."

Elda

Als das Baby geboren worden war, war es zur „Unzeit" herausgekommen aus dem Mutterleib. Die Zeiten waren schlecht. Eigentlich war es keine Zeit zum Kinderkriegen. Die Bomben fielen, überall Zerstörung, nichts zu essen und keine Zukunftsperspektive. Wirklich keine gute Zeit um Kinder groß zu ziehen. Und überall waren Seuchen ausgebrochen, denn unter dem Schutt lagen seit Wochen Menschenleichen und Tierkadaver, die nicht mehr rechtzeitig geborgen werden konnten. Es lag der süßliche Leichengeruch in der Luft und zu allem Überfluss
brannte auch noch die Sonne herunter auf diese Ziegelstein-Wüste. Hier und da war ein Feuer zu sehen, gnädig für die Verschütteten, die schon tot waren, – eine Art Krematorium.
In all den Trümmern und Gefahren wuchs Elda heran, spielte mit dem Schutt der Mauern, den ausgegrabenen Spielzeugteilen und ständig hungrig nach Essbarem suchend. Die Mütter schufteten in den Schuttbergen, versuchten zu bergen, was noch irgendwie brauchbar war und bauten sich aus unversehrten Ziegelsteinen eine Notunterkunft für sich und die Übriggebliebenen der Zerstörung. Die Kinder liefen irgendwie nebenher, versuchten so gut es ging auch Brauch-

bares zu ergattern auf ihren Streifzügen. Die kleine Elda hatte gerade eine verschmutzte Puppe aus dem Staub gezogen und wiegte sie hingebungsvoll in ihren Armen. Sie hütete ihren Schatz wachsam und wurde zur Mutter dieses augenlosen Wesens, das sie mit abgesprungener Nase anlächelte; das einzige Lächeln, das sie in diesen Monaten sah.

Weitere schöne Kurzgeschichten und

Erzählungen unter:

http://www.hilger-geschichten.jimdo.com

„Die Angst des Apfels vor dem Fall"
Metapher- und Impulsgeschichten

„Mit den Augen der Liebe"
Variationen zum Thema Liebe
Kurzgeschichten

„Der geheimnisvolle See"
Mystische Geschichten

„Auf dem Weg ins Land der Hoffnung"
Geschichten zum Thema Tod. Leben und Dazwischen

Ein Kinderbuch:

„Honolulu liegt in Bayern"
Geschichten zum Einfühlen, Mitfühlen
und Nachdenken